Un royaume pour deux

Souris noire

Collection dirigée par Natalie Beunat

ISBN : 978-2-74-852336-2

25, avenue Pierre-de-Coubertin, 75013 Paris

À Amin, Luna, Matteo, Noah,
Selma, Lenny, Ayman, Ilyès,
Leyna, Mayssen, Jeanne, Fleur,
Anthéa, Louisa, Angélis,
Gustave, Amandine et Léo,
joyeuse tribu au grand cœur.

« Une bouffée de joie, de tristesse, de colère, tout ça c'est exactement comme les typhons, les averses, les cerisiers qui fleurissent à chaque printemps. »

Soji Shimada, *Tokyo Zodiac Murders.*

Prologue

Lola observa le cerisier d'un air gourmand. Impressionnant, l'arbre paraissait avoir poussé au milieu des herbes folles et des ronces, tout seul, comme un forcené épris de liberté.

Pourtant Lola savait qu'il ne s'agissait pas d'un rejeton ou d'un cerisier sauvage, du moins, pas à l'origine. Il avait été planté par un agriculteur, bien avant sa naissance, avec une centaine de ses congénères. Des hommes et des femmes avaient travaillé dans ce champ. Ils avaient arrosé, taillé, désherbé, coupé, pansé. Ils avaient ramassé le fruit de leur labeur. Des kilos et des kilos de cerises, année après année. Puis, une fois les arbres trop vieux, le champ avait été peu à peu laissé à l'abandon. La nature avait repris ses droits, et les cerisiers avaient disparu, les uns après les autres, jusqu'à ce qu'il n'en reste plus qu'un, perdu, à l'écart du chemin.

Il ne ressemblait plus à grand-chose. Des branches mortes ou gagnées par la maladie le fragilisaient, çà et là. Souvent ses fruits tombaient avant d'être mûrs. Ceux qui restaient étaient pour la plupart trop petits ou dévorés par les oiseaux dès qu'ils rosissaient. Bref, c'était un drôle de cerisier, mais Lola l'aimait bien. Parce qu'elle était probablement la seule à connaître encore son existence. Elle savait comment grimper jusqu'à son sommet sans se rompre le cou. Et surtout, elle avait repéré une grappe de cerises bien rouges qui avaient échappé aux merles.

Lola hésita un court instant avant de s'élancer à l'assaut du tronc.

Elle s'agrippa des deux mains, tira de toutes ses forces et se hissa sur la première branche. Elle renouvela l'opération une deuxième fois, puis une troisième, et ainsi de suite jusqu'à ce que les muscles de ses bras soient douloureux. Les cerises n'étaient plus très loin. Elle se serra contre le tronc pour ne pas tomber et jeta un œil en contrebas. Elle frissonna. Vu de son perchoir, l'endroit où elle se trouvait quelques secondes plus tôt, au pied de l'arbre, semblait minuscule. Enfin, pas si minuscule que ça, mais tout de même, elle avait bien dû grimper trois ou quatre mètres. Si un adulte la voyait, il crierait, c'est sûr !

Lola sourit à cette pensée. Elle se cramponna un peu plus et manœuvra pour se retrouver face aux cerises. Les fruits étaient enfin là, à portée de main.

Elle raffermit sa prise, tendit sa main libre et en cueillit une poignée qu'elle fourra dans sa bouche avec délectation. Elle cracha les noyaux, un par un, et saisit d'autres cerises qui subirent le même sort. Une fois rassasiée, elle conserva un noyau qu'elle fit jouer sur sa langue. Elle se déplaça légèrement et s'installa le plus confortablement possible pour contempler le paysage.

La vue était imprenable. Lola la connaissait par cœur. Elle aurait pu la dessiner les yeux fermés. Tout ça, c'était à elle, rien qu'à elle.

Son royaume de petite reine d'un été. Son territoire. Son cerisier.

Sa liberté.

Loin, bien loin des cris stridents de Quentin, son petit frère de trois ans.

Lola baissa les yeux.

La maison de sa grand-mère, d'abord, grande bâtisse en pierres de taille aux airs de forteresse isolée, accrochée à flanc de colline, flanquée d'une longue bergerie qui servait aujourd'hui de salle à manger. La terrasse carrée surplombant le portail, sur laquelle elle déjeunait tous les matins, aux premiers rayons du soleil, depuis son arrivée le 25 juin, deux semaines auparavant. L'allée menant au parking et au cabanon où l'on stockait le bois, bordée de lauriers roses et de yuccas.

Près du bois de châtaigniers, Lola distingua la silhouette de sa grand-mère qui s'activait dans le potager. La vieille femme grattait le sol avec une pioche à la forme étrange, qu'elle appelait «ma binette sarclette» en riant. Lola attendit qu'elle se redresse et lui fit un signe de la main, certaine qu'elle ne la verrait pas. Qui pouvait se douter qu'une fillette de onze ans grimpe aussi haut?

Lola laissa ensuite son regard vagabonder en direction de la route qui partait de la ville la plus proche, deux kilomètres plus loin, longeait la rivière, puis remontait en lacets jusqu'à un petit hameau, avant de traverser un pont et de grimper jusqu'à la maison. Une voiture bleue s'avançait justement à la sortie du pont et prenait son élan pour attaquer la côte. Lola fronça les sourcils et reconnut la Clio de sa mère.

Son visage s'éclaira.

– Maman !

Elle oublia aussitôt les cerises, pivota, attrapa la branche principale à pleines mains et entreprit de descendre aussi vite que ses bras le lui permettaient. À mi-chemin, une branche céda sous son poids. Lola poussa un cri tandis que son pied gauche ne rencontrait que le vide.

Elle perdit l'équilibre.

Sa chute ne fut pas spectaculaire mais elle lui parut durer une éternité. Lola glissa le long du tronc sans trouver de prise à laquelle se raccrocher, jusqu'à se retrouver assise dans l'herbe, le souffle coupé, au pied de l'arbre.

Sonnée, elle se redressa, puis elle fit l'inventaire des dégâts. Son tee-shirt était déchiré sur une dizaine de centimètres au niveau de la couture latérale, deux larges griffures lui barraient l'abdomen, et les paumes de ses mains étaient écorchées. À part ça, rien de cassé. Plus de peur que de mal.

Lola haussa les épaules. Sans plus se soucier de son état, elle gagna les escaliers les plus proches, les dévala et se dirigea en courant vers la maison qu'elle traversa en trombe en hurlant de joie.

Elle déboula sur le parking au moment précis où sa mère ouvrait la portière arrière de la voiture et s'effaçait pour laisser passer un garçon malingre aux gestes gauches et aux vêtements de mauvaise qualité.

Lola s'immobilisa, interdite.

Sa mère attrapa le garçon par les épaules et le poussa dans sa direction.

– Lola, je te présente Aymen. Il va venir habiter avec toi et mamy quelques jours.

1

Un invité surprise

La grand-mère de Lola apparut en haut des marches du potager. Elle embrassa longuement sa fille puis elle se tourna vers le garçon qu'elle prit dans ses bras d'un geste affectueux.

– Voilà donc le beau jeune homme dont j'ai tant entendu parler, ces derniers jours!

Aymen rougit.

– Bonjour, madame, balbutia-t-il avec un fort accent étranger.

Lola ricana. Sa mère l'attira contre elle et lui passa les doigts dans les cheveux.

– Mais regarde-moi dans quel état tu t'es mise! Une vraie fille des bois!

Lola grimaça. Son regard croisa celui d'Aymen. Elle crut percevoir une lueur de moquerie illuminer brièvement ses yeux. Agacée, elle se raidit et détourna la tête. Sa mère fit le tour de la voiture, ouvrit le coffre et en sortit un petit sac à dos qu'elle tendit à Lola.

– Tiens, ma chérie, prends ça, s'il te plaît. Ce sont les affaires d'Aymen. Il va dormir sur la mezzanine, avec toi. Ça ne te dérange pas, j'espère?

Lola fit non de la tête.

– Super, dit sa mère. Tu peux lui montrer où c'est, pour qu'il s'installe?

Lola acquiesça en serrant les dents. Elle fit demi-tour et se dirigea vers la maison, sans attendre le garçon.

*

Aymen ne la rattrapa qu'en bas de l'escalier qui menait à leur chambre. Lola gravit les marches en feignant de l'ignorer. Une fois en haut, elle constata qu'un matelas avait été rajouté, au pied de son lit, qu'une couette et un drap propre le recouvraient, et que l'un de ses deux oreillers trônait à présent à sa tête.

– Génial, dit-elle pour elle-même. Tout le monde était au courant de sa venue, sauf moi, si je comprends bien.

– Quoi? demanda Aymen qui se tenait juste derrière elle.

En guise de réponse, Lola jeta sans ménagement le sac sur le matelas et se retourna pour faire face au garçon. Elle s'aperçut qu'elle le dominait d'une courte tête.

Elle lança :

– Tu es qui, toi?

– Je m'appelle Aymen Sahnaoui.

Lola leva les yeux au ciel.

– Ce que je veux que tu me dises, c'est d'où tu viens et ce que tu fais là.

– C'est un interrogatoire?

– Bon, tu me réponds au lieu de faire le malin?

Aymen prit son temps.

– Je viens d'Alep, finit-il par dire.

Lola ne put réprimer un éclat de rire.

– Alep? C'est quoi, ça? Une planète?

Aymen lui lança un regard noir.

– C'est la ville où je suis né. Tu ne sais pas où c'est ?

– Bien sûr que si !

Aymen ne la croyait pas, ça se voyait, mais il n'insista pas.

– Alep est la deuxième plus grande ville de Syrie, dit-il. C'est un endroit magnifique. L'une des plus vieilles villes habitées du monde.

Lola croisa les bras.

– Pourquoi tu en es parti, alors, si c'est si beau chez toi ?

– Nous avons dû fuir il y a trois ans, avec mon père et ma mère, à cause de la guerre, des rebelles, des loyalistes, du Printemps arabe et du terrorisme. Mon frère aîné, Adnan, lui, il est resté pour se battre. Avec mon cousin Tarek. Mon frère, il est mort, maintenant. Je ne le reverrai jamais. Et Tarek, il a été arrêté et personne ne sait où il se trouve. Maman dit qu'il est mort aussi, mais papa dit que c'est pire que ça encore. Tu le sais toi, ce qui peut être pire que la mort ?

Lola ne trouva rien à répondre à ça. Elle se demandait ce qu'étaient le Printemps arabe, les loyalistes, les rebelles ou encore ce truc qui effrayait tant le père d'Aymen, à propos de son cousin Tarek, mais elle garda ses questions pour elle. Les yeux du garçon brillaient. Gênée, elle traversa la pièce, s'assit sur son lit et changea de sujet, même si elle brûlait d'envie d'en savoir plus.

– T'as quel âge? demanda-t-elle.

– Onze ans, dans un mois.

– Moi, je les ai déjà, depuis le 23 juin.

Aymen sourit d'un air blasé.

– Je sais. Ta mère me l'a dit et il y a des photos de ton anniversaire sur les murs de ta chambre.

Lola s'écria:

– Qu'est-ce que tu faisais dans ma chambre?

– J'y dors avec mes parents depuis dix jours, tu ne le savais pas? Tes parents nous hébergent.

– Tu mens!

– Demande à ta mère, si tu ne me crois pas.

Vexée, Lola fit un pas en avant.

– Et on peut savoir pourquoi vous êtes chez nous?

– On attend que mon père obtienne des papiers et trouve un travail.

– Tu n'as pas de papiers?

Aymen détourna les yeux.

– Non. Ils nous les ont pris.

– Qui ça ?

– Des soldats, à la frontière, en Turquie.

Lola réfléchit.

– Tu es un sans-papiers, c'est bien ça ?

Aymen hocha la tête gravement. Lola l'imita. Elle dit, comme pour consoler le garçon :

– En tout cas, tu parles hyper bien français pour un Syrien d'Alep.

Aymen rougit à nouveau, comme tout à l'heure sur le parking, mais cette fois-ci l'arrivée de la mère de Lola le dispensa de répondre.

– Taysir, expliqua-t-elle, le papa d'Aymen, était diplomate au consulat général français d'Alep. Rima, sa maman, y travaillait comme secrétaire. C'est pour ça qu'Aymen parle si bien notre langue, Lola. Mais il parle aussi l'arabe, qui est sa langue maternelle. En novembre 2011, tu n'avais que sept ans, le régime syrien a interrompu les relations diplomatiques avec la France. Le consulat a été fermé, à cause de la guerre civile. Taysir et Rima se sont retrouvés sans travail. Ils ont tenu comme ils ont pu, puis il y a eu une grande bataille dans leur ville...

– Alep, dit Lola, pour montrer qu'elle suivait. Et ils ont dû fuir leur pays, en passant par la Turquie, pour venir se réfugier chez nous. Maintenant, ils ont besoin de papiers et de travail.

Sa mère sourit.

– C'est exactement ça, poursuivit-elle.

Elle s'assit sur le bord du lit, attira Lola contre elle et l'embrassa sur le front.

– Je vois que vous avez déjà un peu fait connaissance, tous les deux. Je suis contente. Je dois rentrer dès ce soir, je travaille demain. La maman d'Aymen garde ton petit frère le temps que je fasse l'aller-retour. Aymen va rester ici quelques jours. C'est un garçon très gentil. Il a juste besoin de...

Elle sembla hésiter sur le terme.

– De vacances. J'aimerais que tu t'occupes un peu de lui, le temps que ses parents règlent leurs soucis. Je les ai installés dans ta chambre. Ce n'est pas très grand chez nous, tu comprends?

Lola dévisagea sa mère et vit que cette dernière parlait sérieusement.

– Pas de problème, dit-elle.

– Vous serez bientôt de bons amis, j'en suis sûre.

Lola demanda :

– Tu restes manger avec nous, ce soir ?

– Si mamy veut bien de moi ! rétorqua sa mère en éclatant de rire.

*

La fin de la journée se déroula sans qu'il soit question de guerre, de réfugiés ou d'Alep. Pendant le repas, Lola fut le centre de toutes les attentions. Elle ne posa aucune autre question sur Aymen et sa famille, et s'efforça d'oublier que des inconnus dormaient dans sa chambre. Du reste, ce n'était pas la première fois que ça se produisait. Sa mère avait raison, leur appartement était petit et il arrivait parfois qu'elle dorme sur un matelas, avec ses parents, quand des amis venaient passer quelques jours chez eux – même si, d'habitude, sa mère lui demandait son avis *avant*. Elle raconta ses vacances, sous le regard bienveillant de sa mère et de sa grand-mère, Aymen écouta, sans jamais oser interrompre la conversation, même quand Lola parlait trop vite pour qu'il puisse comprendre tout ce qu'elle disait.

Puis vint l'heure du départ et des embrassades. Une fois sa mère repartie, Lola glissa sa main dans celle d'Aymen. Elle constata avec étonnement que la paume du garçon était calleuse et ses doigts plus épais que les siens, mais elle n'en dit rien. Elle se ressaisit et l'entraîna sur le chemin.

– Où allez-vous? demanda sa grand-mère.

– Je peux lui montrer le jardin?

– Il va bientôt faire nuit.

Lola adressa un clin d'œil à Aymen.

– On n'en a pas pour longtemps.

– Pas de bêtises, hein!

Les deux enfants s'éloignèrent rapidement. Plus loin, quand Lola fut certaine que sa grand-mère ne pouvait plus l'entendre, elle se pencha vers le garçon et lui chuchota à l'oreille:

– Tu ne manges pas de porc?

Aymen acquiesça. Lola le fixa en pinçant les lèvres.

– Je m'en doutais. D'habitude, mamy cuisine des godiveaux pour accompagner les pâtes.

Ce soir, c'était spaghettis au beurre. Les Arabes ne mangent pas de cochon. C'est connu.

– Certains, si.

– N'importe quoi ! s'écria Lola.

– Tu confonds avec les musulmans, reprit Aymen, d'une voix calme. Certains Arabes sont chrétiens, tu sais. Ou juifs. Ou athées.

Lola ouvrit la bouche pour dire que, bien sûr, c'était l'évidence même, elle le savait, mais comme c'était faux et qu'elle ne voulait pas passer pour une idiote au cas où le garçon s'en apercevrait, elle se contenta de hausser les épaules.

– En tout cas, ça ne va pas être simple pour les repas, dit-elle.

Elle serra alors la main d'Aymen un peu plus fort et le rassura à sa manière :

– Mais ne t'inquiète pas, on se débrouillera.

Puis elle se détacha de lui sans prévenir et piqua un sprint en direction d'un sentier qui grimpait sur la colline au milieu des fougères.

– Le dernier en haut a perdu ! cria-t-elle.

*

Aymen s'élança à sa suite. Il courait vite. Lola dut se surpasser pour rester en tête. Elle n'atteignit l'accole supérieur qu'avec une courte avance. Là, elle s'immobilisa et pointa du doigt le cerisier sur lequel elle s'était régalée, quelques heures auparavant.

– Regarde, dit-elle.

Aymen émit un sifflement d'admiration.

– Cet arbre est magnifique, souffla-t-il.

– C'est un cerisier.

– Il est immense. Je n'en ai jamais vu d'aussi grand, même en Turquie.

Lola fanfaronna :

– Quand vous êtes arrivés, tout à l'heure, j'étais tout en haut. Je vous ai vus venir de loin.

Aymen s'assit dans l'herbe.

– C'est impossible.

Lola cracha par terre.

– Je le jure.

– Et après?

– Tu n'es pas obligé de me croire.

Aymen l'observa en silence un moment, puis il désigna le cerisier du menton.

– Prouve-le-moi.

Lola le défia du regard. Elle vit qu'il n'était pas convaincu, enfin pas vraiment. Alors elle montra les griffures sur son ventre et son tee-shirt déchiré. Aymen ouvrit de grands yeux, puis il détourna la tête en rougissant encore une fois, comme si la vue de son ventre le dérangeait.

– Décidément, tu rougis pour un rien, toi! dit Lola, avant de baisser son tee-shirt et d'ajouter: Bon, tu me crois maintenant?

Aymen fit «oui» de la tête, puis il déboutonna en tremblant le haut de sa chemise, révélant à son tour une cicatrice. Celle-ci était longue et épaisse. Elle courait du côté gauche de l'épaule au milieu de la poitrine. Comme hypnotisée, Lola ouvrit des yeux encore plus grands que ceux du garçon, un instant plus tôt.

Elle murmura:

– La vache! Toi aussi, tu t'es fait ça en descendant d'un arbre?

Aymen ne répondit rien et baissa la tête. Lola n'insista pas. Le garçon finit par reboutonner sa chemise.

– Je suis fatigué, dit-il. On rentre?

*

Ce soir-là, Lola mit longtemps à trouver le sommeil. Aymen se tournait et se retournait sur son matelas comme s'il peinait lui aussi à s'endormir. Elle brûlait d'envie de lui poser mille questions, mais elle ne savait pas par laquelle commencer. Le temps qu'elle se décide, le garçon avait cessé de bouger et sa respiration était devenue régulière.

Lola ouvrit le tiroir de sa table de nuit, en sortit une lampe de poche, l'alluma et se réfugia avec un livre sous sa couette jusqu'à ce qu'elle ne puisse plus garder les yeux ouverts.

Plus tard, dans la nuit, Lola crut entendre Aymen pleurer et marmonner des choses dans une langue qu'elle ne connaissait pas. Le matin, au réveil, elle se demanda si c'était vrai ou si elle avait simplement rêvé. Elle ouvrit un œil et se pencha pour s'assurer qu'il dormait paisiblement. Le matelas était bien là. Mais il était vide.

2

Cascade

– Mamy ! Mamy !

Lola déboula en panique dans la cuisine pour avertir sa grand-mère qu'Aymen avait disparu. Elle s'arrêta net sur le seuil. Le garçon était tranquillement attablé, une tartine de pain beurrée dans la main.

Il sourit.

– Bonjour.

Lola bredouilla :

– Je croyais que...

– Que se passe-t-il ? l'interrogea sa grand-mère.

Lola secoua la tête.

– Rien, désolée.

Elle gagna sa place, près de la fenêtre. Elle bouscula Aymen au passage et lança :

– Tu m'as fichu une de ces trouilles !

Sa grand-mère posa un bol de lait fumant devant elle.

– Combien de tartines, ce matin, ma chérie ?

Aymen pouffa. Lola le regarda comme s'il était stupide.

– Mamy, tu pourrais nous accompagner à la rivière, tout à l'heure ?

– J'ai prévu de récolter les pommes de terre, tant que le soleil n'est pas trop haut. Et je comptais sur votre aide.

– Pourquoi pas cet après-midi, alors ?

Sa grand-mère posa délicatement sa main sur l'avant-bras de Lola.

– Ta mamy est âgée, ma petite. Après la récolte, j'aurai besoin de me reposer. Nous pourrions nous rendre à la rivière demain. Pour cet après-midi, pourquoi n'iriez-vous pas vous promener tous les deux ?

Lola prit un air sérieux.

– Mais Aymen vient d'une grande ville, mamy.

Il a grandi à Alep. C'est un citadin. Il ne pourra jamais me suivre dans les hautes herbes.

Un sourire se dessina sur le visage de sa grand-mère.

– Oh ! fit-elle sur un ton amusé. Dans ce cas, faites une cabane. Il y a de vieilles planches entassées sous les châtaigniers. Elles devraient faire l'affaire... même pour un citadin.

Aymen s'écria :

– Ce serait chouette !

Lola soupira :

– Les cabanes, c'est pour les bébés. Qu'Aymen y aille, si ça l'amuse. Finalement, je crois que je préfère encore écouter de la musique sous le mûrier.

– Voyons, insista sa grand-mère, je pensais que tu aurais envie de lui montrer ton petit royaume.

Lola hésita, boudeuse. Elle sentait le regard suppliant d'Aymen planté sur sa nuque. Elle croisa le regard de sa grand-mère qui disait : « Eh bien, jeune fille, montre à ce garçon de quoi tu es capable ! » L'envie de jouer au guide l'emporta.

– Pour moi, ce sera quatre tartines grillées, s'il te plaît, dit-elle. J'ai besoin de prendre des forces.

*

Le soleil pointait à son zénith. La chaleur était suffocante. Des bosquets de jeunes chênes offraient çà et là de rares parcelles d'ombre. Lola s'essuya le front et rajusta son gilet, noué autour de sa taille. Elle se demandait si c'était une si bonne idée de partir en promenade à l'heure la plus chaude de la journée. Plus bas, dans la vallée, la rivière lui renvoyait les reflets de mille promesses de plaisir et de fraîcheur. Elle s'imagina se laisser emporter par le courant, jouer à celui qui nage le plus profond ou encore épater les jeunes de son âge par de périlleux plongeons de l'un de ces rochers qui surplombaient le plan d'eau.

Elle soupira.

– Nous aurions peut-être mieux fait de fabriquer une cabane, finalement, tu ne crois pas?

Aymen ne répondit rien. Les yeux rivés sur un point situé à l'opposé de la vallée, il ne l'avait pas écoutée. Lola se retourna. La crête de la colline où ils se trouvaient actuellement se rétrécissait avant de buter contre une autre colline, beaucoup plus imposante, à un kilomètre de là à vol d'oiseau. À cet endroit s'était formée une barrière de gros blocs de pierre qui, vue d'ici, avait la forme d'un demi-cercle. La roche était de couleur grise, mais la pente argileuse qui s'étalait à ses pieds mêlait des ocres, des verts et des rouges qui accrochaient le regard.

Aymen pointa l'index dans cette direction.

– On peut aller là-bas?

Lola fit la moue. La vérité était qu'elle n'avait jamais osé s'y rendre seule, même si l'endroit l'attirait. Elle gardait le souvenir d'une balade avec ses parents, des années plus tôt. Sa mère avait rempli un petit sac d'argile verte qu'elle avait ensuite patiemment moulue et placée dans un bocal qui trônait encore aujourd'hui sur l'une des étagères de leur salon.

– Je ne sais pas, dit Lola. C'est loin.

– Ça a l'air magnifique.

– Mamy risque de ne pas être très contente si nous partons si loin.

– Cela ne nous prendra pas longtemps.

– Peut-être mais...

Aymen ne la laissa pas terminer sa phrase.

– Ça me rappelle un coin près de chez moi, en Syrie, murmura-t-il avant de se mettre en marche.

Lola leva les yeux au ciel, pensant « Quelle tête de pioche, celui-là ! », et lui emboîta le pas.

– Tu ne connais pas le chemin ! cria-t-elle en accélérant pour le rattraper. Laisse-moi au moins passer devant.

*

Les enfants atteignirent l'endroit une demi-heure plus tard. Lola devait avouer qu'Aymen était un excellent marcheur. Le trajet l'avait épuisée. Elle avait dû forcer l'allure pour ne pas se laisser dépasser. Elle transpirait et avait réclamé deux pauses en chemin pour sortir de son sac la bouteille d'eau que sa grand-mère avait eu la bonne idée de lui imposer. Aymen, lui, ne semblait souffrir ni de l'effort ni de la chaleur – mais peut-être dissimulait-il sa fatigue ?

Une fois sur place, pourtant, Lola oublia aussitôt ses muscles endoloris et sa fierté émoussée. De près, le spectacle était grandiose. Les blocs de roche se dressaient face à eux comme de véritables falaises. Des filets d'eau gouttaient le long des parois, sur la partie haute, et se rejoignaient au milieu pour former une minuscule cascade qui terminait joyeusement sa course dans un tapis de cailloux et de mousses multicolores.

Lola chercha des yeux de quoi se faire un bâton. Elle repéra de jeunes pousses de saule. Elle en sélectionna deux, les sectionna aux deux extrémités, en retira les feuilles et en tendit une à Aymen.

– Tu comptes t'en servir pour escalader ? demanda ce dernier.

Lola fit « non » de la tête. Elle saisit sa canne improvisée et en frappa le sol dans un claquement sec.

– C'est pour faire peur aux serpents. Il y a des tas de vipères, près des cours d'eau.

– Je n'ai pas peur des serpents.

– Tu devrais ! Le venin des vipères est mortel, figure-toi !

Aymen serra le bâton un peu plus fort et jeta des coups d'œil inquiets autour de ses pieds.

– Tu es sûre? balbutia-t-il.

– On ne sait jamais où elles peuvent se nicher, ces bestioles.

Elle frappa à nouveau le sol, avec méthode. Aymen l'imita aussitôt.

– Et puis, ça nous sera surtout utile pour nous frayer un passage au milieu des orties qui abritent des centaines de petites bêtes mangeuses d'enfants, ajouta-t-elle avant d'éclater de rire.

Aymen comprit alors qu'elle se moquait de lui. Vexé, il jeta la branche de saule au loin et se lança avec rage à l'assaut de la pente, vers la cascade. Goguenarde, Lola le regarda un instant progresser entre les blocs de roche et les buissons d'aubépine. Il y eut ensuite un bruit dans les fourrés, derrière elle, et les paroles de prudence prononcées par sa grand-mère avant qu'ils partent lui revinrent à l'esprit, «Restez bien toujours ensemble», aussi elle s'empressa de le rejoindre.

Elle cria:

– Attends!

Aymen fit la sourde oreille et ne s'arrêta qu'une fois à côté du point de chute de la cascade. Là, il se dévêtit, ne conservant que son short, et s'avança sous le jet d'eau, avec délice.

Un immense sourire aux lèvres, il appela Lola qui restait en retrait :

– Ne reste pas à faire la tête ! Viens avec moi, elle est super bonne et il n'y a aucune vipère qui tombe du ciel !

Pas rancunier, Aymen avait su retourner sa mauvaise blague contre elle. Lola dut reconnaître qu'il l'avait bien eue. Elle lui rendit son sourire, se débarrassa de son sac et de ses vêtements, et c'est en maillot de bain qu'elle se glissa à son tour sous l'eau.

– On s'amuse bien tous les deux, pas vrai?

– C'est vrai ! s'exclama Aymen en aspergeant d'eau le visage de Lola.

*

Quand ils en eurent assez de prendre une douche sous la cascade, Lola et Aymen décidèrent d'explorer les environs. Le soleil était encore haut dans le ciel, et l'endroit était un vrai terrain de jeu.

Il n'y avait que l'embarras du choix.

Faire un concours de celui qui lancera des cailloux le plus haut possible dans la cascade.

Descendre en slalom le long des pierriers comme s'il s'agissait de dunes de sable.

Jouer à cache-cache et à se faire peur dans le dédale de blocs de pierre et de buissons qui parsemaient le fond de la vallée.

S'apprendre mutuellement des gros mots à faire rougir en français et en arabe !, pour ensuite les crier face aux falaises et les entendre résonner, comme si mille personnes les répétaient à tue-tête.

Récolter des escargots et des limaces et, d'un geste vif, les jeter sur l'autre – « Beurk ! »

Se frotter les bras et les jambes avec de l'argile verte, brune, ocre ou rouge, se tracer des peintures de guerre indiennes sur les joues et le front, dessiner des silhouettes mystérieuses sur le bas des parois, puis retourner se rincer sous la cascade, avant de remettre ça, encore et encore, jusqu'à ce que cela dégénère en bain de boue dans une flaque d'eau.

– C'est bon pour la peau ! criait Lola.

– Encore ! Encore ! rétorquait Aymen, hilare.

L'après-midi fila sans qu'ils s'en rendent compte. Oubliés, les petites querelles et les cauchemars de la nuit passée ! Lola ne se rappelait pas s'être autant amusée depuis la fois où ses parents l'avaient emmenée à l'Adrénaline Parc, une forêt entière dédiée à l'accrobranche, à l'escalade, à des promenades dans les arbres en nacelle ou poulie, au paintball et au quad. Ici et maintenant, c'était encore mieux, parce qu'il n'y avait aucun adulte et qu'elle se sentait libre. Libre de faire ce qui lui plaisait. Libre d'être assez grande pour ne pas se perdre. Libre de montrer à son nouvel ami syrien que la vie valait la peine d'être vécue.

Quand il fut quatre heures, à regret, ils ramassèrent leurs affaires et se préparèrent à rentrer. Aymen en avait les larmes aux yeux.

– On reviendra, hein ?

– Bien sûr, chuchota Lola, comme si des oreilles indiscrètes pouvaient les entendre.

– Quand ?

– Le plus vite possible.

– Pour de vrai ?

– Vrai de vrai.

Après un dernier regard à la cascade, Lola et Aymen se rhabillèrent et se mirent en route.

La journée n'était pas finie pour autant. Lola avait encore une idée derrière la tête. Impossible de ne pas terminer ce bel après-midi sans passer par son autre coin secret à elle. Elle consulta sa montre. 16 h 25. Ils avaient encore un peu de temps devant eux.

Peu avant d'arriver en vue de la maison, Lola indiqua à Aymen un passage que l'on devinait à peine au cœur d'un bosquet en friche, sur le bord du sentier.

– Reste bien près de moi, ordonna-t-elle.

Elle se fraya alors un chemin dans les ronces, en s'aidant de son sac à dos pour se protéger des épines. Ils progressèrent ainsi pendant quelques minutes, avant de déboucher sur un ancien vignoble envahi de hautes herbes et de jeunes pousses de pins et de chênes. Ils le contournèrent par la droite, escaladèrent un talus et se retrouvèrent nez à nez avec une immense bâtisse aux allures de vieux château, visiblement laissée à l'abandon depuis des années.

Aymen poussa un petit cri d'émerveillement et de surprise.

– Comment s'appelle cet endroit?

Lola ménagea son effet.

– La ruine maudite, finit-elle par répondre.

– On peut y entrer?

– À une seule condition.

– Laquelle?

Elle prit la main du garçon, le fixa un court instant et dit :

– Promets-moi de ne jamais dire que je t'ai emmené ici.

3

La ruine maudite

La ruine paraissait perdue, comme poussée par erreur au milieu de nulle part. Aucune route d'accès n'était visible. Aucun signe d'activité qui aurait pu laisser penser que des hommes aient eu quoi que ce soit à voir avec sa construction. Une sorte de cité engloutie par une nature verdoyante. Le souvenir d'une civilisation disparue, comme dans les livres d'histoire.

Elle était composée d'un bâtiment colossal, long d'une vingtaine de mètres et qui avait dû se dresser autrefois sur deux étages, surmonté d'un grenier désormais ouvert aux quatre vents. Des lambeaux de vieilles planches pendaient encore, maintenus par on ne savait quel miracle.

La façade portait les traces d'étroites fenêtres, devenues plaies béantes. Le toit n'était plus qu'un lointain souvenir, même si subsistaient, par endroits, les vestiges d'une charpente sous forme de moignons de troncs d'arbres qui devaient par le passé supporter toute la structure.

Autour du corps principal, ce qui avait dû être autrefois des écuries, des granges et des habitations de taille plus modeste. Jadis, des dizaines de personnes et d'animaux de ferme devaient cohabiter ici. Des paysans, des palefreniers, un forgeron, un boulanger, un cuisinier, leurs familles. Peut-être même des chevaliers. Ou mieux encore : un archiduc, un comte. Une princesse, qui sait? Un roi.

Le cœur de Lola battait la chamade.

Elle n'osait pas avouer à Aymen qu'elle n'était jamais entrée dans la vieille bâtisse. Elle ne s'en était même jamais approchée aussi près.

La raison en était simple : ses parents le lui avaient formellement interdit. Une partie des hauts murs encore debout ne tenaient que grâce à une épaisse masse de lierre qui avait pris possession des lieux depuis des décennies. Chaque année, par jour de grand vent ou à cause du gel, des pans entiers s'effondraient. Le danger était là, presque palpable. Il se racontait qu'un berger, venu chercher une brebis égarée, était mort dans un éboulement, bien avant la naissance de Lola. Elle avait surpris son père en train de dire qu'il s'agissait d'une invention pour faire peur aux promeneurs trop curieux, mais sa mère avait affirmé le contraire. Lors d'un repas de famille, un cousin de Lola avait, lui, parlé de fantômes. Mamy avait levé les yeux au ciel, mais elle ne l'avait pas contredit, et Lola y avait un peu cru, à vrai dire.

C'était peut-être d'ailleurs ce qui l'effrayait le plus, à présent.

Peut-être aussi pour cela qu'elle avait glissé sa main dans celle d'Aymen avant de lui faire promettre de ne rien dire à propos de leur incursion.

Pour se donner du courage.

Et parce qu'elle avait terriblement envie de voir ce qu'il y avait à l'intérieur.

Face à eux, une percée béante dans l'un des murs latéraux de l'enceinte laissait entrapercevoir une cour envahie d'acacias. Au centre, un éboulis constitué de pierres de taille, de poutres noircies et de plantes grimpantes, dans lequel on distinguait le dôme arrondi d'un four à pain hors d'usage.

Lola déglutit :

– Allez, on y va.

Aymen serra sa main un peu plus fort et se colla contre elle.

– Tu sais pourquoi on l'appelle la « ruine maudite » ? l'interrogea-t-il.

Lola prit un air mystérieux.

– J'ai posé la même question à mamy, l'an dernier.

– Qu'a-t-elle dit ?

La voix d'Aymen tremblait un peu. Avant de répondre, Lola lui lâcha la main, passa devant et baissa la tête pour franchir le mur. Aymen pénétra dans la ruine juste derrière elle.

*

Lola attendit qu'Aymen la rejoigne.

C'était encore plus impressionnant vu de l'intérieur. Un séisme semblait avoir ravagé le cœur de la bâtisse. Mieux : on aurait dit qu'une bombe avait explosé précisément là où ils se trouvaient, tranchant dans les murs, les planchers et le toit. Chaque étage était amputé d'une partie de son volume, mais donnait l'illusion d'avoir été réaménagé pour ouvrir sur un puits de lumière. Ainsi, tout le monde pouvait observer tout le monde, en permanence. Pour un peu et avec suffisamment d'imagination, on se serait attendu à voir ses habitants surgir d'une alcôve ou d'un couloir et vaquer à leurs occupations quotidiennes.

Ils avancèrent dans les décombres, se faufilèrent dans une sorte de couloir obscur, puis ils retrouvèrent la lumière et gagnèrent la partie arrière.

– Waouh ! s'exclama Aymen.

Sous leurs pieds, le sol était tapissé de débris de tuiles en quinconce.

– L'histoire que m'a racontée mamy, poursuivit Lola, se serait déroulée à la fin de la Seconde Guerre mondiale. Des soldats qui avaient déserté l'armée allemande se seraient cachés ici, dans les caves. Des soldats allemands les auraient suivis et, par manque de temps, plutôt que de les traquer, auraient mis le feu au bâtiment, avant de prendre la fuite.

– La maison était habitée, à ce moment-là?

Lola frissonna.

– Oui, mais après le départ des soldats allemands, les habitants ont, dit-on, eu le temps de quitter les lieux pour échapper aux flammes.

– Et les déserteurs?

– Toujours dans les caves.

Horrifié, Aymen ouvrit de grands yeux.

– Ils ne sont pas sortis à leur tour?

– Au début, ils ne savaient pas que la maison brûlait. Puis, quand ils s'en sont aperçus, ils sont restés encore un moment parce qu'ils craignaient de tomber sur les soldats allemands.

– Mais après?

– Une grande partie de la maison était en flammes et il n'y avait plus d'issue possible.

Aymen regarda autour de lui, comme s'il cherchait une solution au problème des déserteurs.

– Mais, mais, balbutia-t-il, ils ont bien dû crier, appeler au secours. Les habitants les ont sûrement entendus. Ils leur ont porté secours, n'est-ce pas?

Lola secoua la tête, d'un air triste.

– Ils étaient déserteurs, mais...

– Mais quoi?

– Pour les habitants, ils étaient surtout des soldats allemands.

– Et alors!

– On était en pleine guerre, ajouta Lola comme pour se justifier. Ces déserteurs avaient peut-être commis les pires atrocités. Les gens du coin les connaissaient peut-être. Ils ont cherché à se venger.

– Donc ils n'ont rien fait.

– Non.

– Ils ont préféré regarder brûler leur maison plutôt que de venir en aide à ces hommes! s'étrangla Aymen.

Lola ne dit rien. Perdus dans leurs pensées, les yeux dans le vague, les deux enfants restèrent prostrés un long moment. Les ruines autour d'eux avaient perdu de leur magie. Même pour Lola qui connaissait pourtant l'histoire, mais n'avait jamais vraiment pris conscience de tout ce qu'elle impliquait.

Ce fut Aymen qui brisa le silence en premier.

– C'est pour ça que cette ruine est maudite, dit-il pour lui-même plus que pour Lola.

– Je crois.

– À cause de la guerre, des morts, de la vengeance.

– La ruine maudite, répéta Lola, ne sachant pas trop quoi dire d'autre.

– On devrait plutôt l'appeler la ruine de la honte !

– Pourquoi dis-tu ça ? Ces gens avaient peut-être leurs raisons, nous n'en savons rien !

Le regard d'Aymen se durcit.

– Mais imagine qu'ils se soient trompés. Que ces déserteurs aient été un peu comme ma famille et moi ! Qu'ils aient juste cherché à fuir une situation contre laquelle ils ne pouvaient rien mais qu'ils rejetaient de toutes leurs forces. Il en fallait du courage, non ?

– Ce n'est pas du tout la même situation ! protesta Lola.

– Ah oui, tu en es sûre ? Peut-être qu'ils éprouvaient du remords ?

Lola vit les yeux du garçon se gonfler de larmes. Elle devina qu'il revivait des moments pénibles à cause de cette discussion. Elle regretta aussitôt de l'avoir conduit ici. Elle aurait aimé ne même jamais en avoir eu l'idée. Elle se traita d'idiote.

– Ça te rappelle ton pays? dit-elle d'une voix douce.

– N'importe quoi!

Elle insista:

– Tu veux peut-être en parler avec moi? Ça ne me gêne pas, tu sais.

– Tu ne comprendrais pas.

Lola tenta de trouver d'autres mots pour l'apaiser, mais rien ne vint.

L'intensité de la lumière baissa d'un cran. Lola consulta sa montre et comprit qu'il était temps de retourner à la maison.

– On devrait s'en aller, dit-elle.

– Peut-être qu'ils attendaient qu'on les aide, après tout?

– Peut-être, mais...

– Et au lieu de ça, on les a laissés mourir, brûler vifs, comme des chiens.

Lola sentit également des larmes lui monter aux yeux.

– Viens, Aymen, on s'en va, murmura-t-elle en posant sa main sur son épaule.

Aymen se déroba et lui jeta un coup d'œil furieux.

– Tu penses qu'ils ont bien fait, c'est ça?

– Non!

Aymen pointa un doigt accusateur sur sa poitrine, puis il désigna l'ensemble de la ruine.

– Menteuse! Si ça se trouve, c'était les gens de ta famille qui vivaient ici.

– Non! bégaya Lola. Bien sûr que non! Qu'est-ce que tu racontes?

Des sanglots se coinçaient à présent dans sa gorge. Elle n'arrivait plus à parler. Aymen était injuste avec elle. Lola n'était pour rien dans le drame qu'avaient vécu ces déserteurs allemands ou dans les terribles événements qui frappaient la Syrie et la famille d'Aymen. Lola n'était qu'une petite fille. Elle voulait simplement s'amuser avec son nouvel ami.

Aymen ne s'interrompit pas pour autant:

– Menteuse! Menteuse!

Elle tenta à nouveau d'attraper la main du garçon pour qu'il cesse enfin de dire ces choses horribles, mais il la repoussa si violemment qu'elle vit rouge et sentit un flot bouillonnant de colère lui remonter du ventre jusque dans la bouche.

– Terroriste ! cracha-t-elle.

Lola regretta instantanément ce qu'elle venait de dire. Au regard bouleversé que lui lança Aymen, elle comprit qu'elle était allée trop loin. Beaucoup trop loin.

– Excuse-moi, bégaya-t-elle en tendant ses mains vers lui comme pour l'implorer d'oublier ce qu'elle venait de lui balancer à la figure. Ce n'est pas du tout ce que je voulais dire.

Aymen se détourna pour cacher les larmes qui coulaient sur ses joues.

– Laisse-moi tranquille ! cria-t-il en s'enfuyant.

*

Lola ne fit rien pour le retenir. Elle s'assit sur une pierre, se recroquevilla sur elle-même et se mit à pleurer. La lumière décrut encore. Elle sécha ses larmes et réfléchit. Elle avait gravement blessé Aymen et elle s'en voulait. Rien ne justifiait le mot qu'elle avait employé. C'était une bien triste façon de conclure une si belle journée. Pire, c'était grave et elle le savait.

Le cadran de sa montre affichait 17 h 15. Aymen n'était parti que depuis quelques minutes. Mamy serait inquiète de ne pas la voir avec lui. Lola se releva et se pressa de quitter la ruine pour tenter de rattraper le garçon. Elle s'engouffra dans le petit tunnel, déboula à l'intérieur de la bâtisse, contourna l'éboulis central et se dirigea d'un pas décidé vers la brèche qu'ils avaient empruntée pour entrer, une demi-heure plus tôt.

Alors qu'elle n'était plus qu'à quelques mètres de la sortie, le sol se déroba soudain sous ses pieds.

Lola chercha des doigts une prise à laquelle se raccrocher mais elle ne rencontra que le vide. Sa chute lui sembla durer une éternité. L'obscurité l'enveloppa, ses jambes heurtèrent une surface humide, elle glissa, glissa encore, s'éraflant la paume des mains et les genoux, puis elle fut violemment projetée en avant. Son front percuta un rocher et elle perdit connaissance.

4

Seul au monde

Aymen courut sur une centaine de mètres. Lorsque ses larmes devinrent incontrôlables, il s'assit au bord du chemin, se prit la tête entre les mains et se laissa aller. Un flot de questions se bousculaient dans son esprit, mêlant colère et tristesse.

Il guetta l'arrivée de Lola, projetant de lui hurler dessus, de cracher tout ce qu'il avait sur le cœur, de la prendre dans ses bras pour se faire pardonner ou pour qu'elle s'excuse, mais elle ne vint pas. Il attendit un long moment, en vain.

Sa colère monta d'un cran parce qu'il pensa qu'elle l'avait laissé tomber.

Elle était peut-être déjà rentrée, sirotant une orangeade dans la cuisine, pleurnichant sur l'épaule de sa grand-mère. Il l'entendit déverser tout le mal qu'elle pensait de lui, le petit Syrien, dans l'oreille bienveillante de la vieille dame. Elles se moquaient probablement de lui, le réfugié irascible. Elles disaient : « Il s'est perdu ? Bien fait pour lui ! Il n'a que ce qu'il mérite ! Il n'avait qu'à pas te parler sur ce ton. » Il imagina le pire et il n'eut pas à se forcer, parce que le pire, ça faisait trois ans qu'il le vivait au quotidien, à travers les gestes, les paroles et les sous-entendus des nombreuses personnes que ses parents et lui avaient croisées depuis leur départ d'Alep.

Il se releva, sécha ses larmes du revers de la main et, au lieu de rentrer, il coupa à travers bois et descendit la colline en direction du seul endroit qui le rassurait à ce moment-là : la rivière.

Là, il s'accroupit sur la rive, ramassa une poignée de petits galets et les lança dans le cours d'eau, un par un. Il s'avança jusqu'à un gros rocher qui affleurait à la surface, se pencha, plongea ses doigts dans le courant, ferma les yeux pour goûter au plaisir du contact du liquide froid sur sa peau.

Mais cela ne l'apaisa pas.

Il frissonna, malgré la chaleur, et se redressa en jetant des coups d'œil inquiets autour de lui. Les abords de la rivière étaient déserts, pourtant, la menace qu'il percevait ne diminua pas.

Il appela :

– Lola ?

Il n'obtint pour toute réponse que le chant des cigales et le clapotis de l'eau sur ses pieds.

Il appela encore :

– Lola ?

Il espéra la voir surgir sur la berge, hilare, en maillot de bain, avant de plonger dans le courant en l'éclaboussant copieusement, mais rien de tel ne se produisit.

Aymen réalisa alors qu'il n'était plus en colère. Il avait peur.

Il aurait voulu retrouver ses parents. Son frère. Rentrer chez lui, avec toute sa famille. Retourner à Alep.

*

La grand-mère de Lola, le téléphone à la main, faisait les cent pas devant sa maison. Aymen comprit que quelque chose n'allait pas.

Elle se précipita vers lui dès qu'elle le vit arriver.

– Je vous attends depuis plus de trois quarts d'heure, que faisiez-vous?

Elle fronça les sourcils.

– Où est Lola?

Aymen hésita. Il fixa ses pieds, puis le téléphone, dans la main de la grand-mère, puis encore ses pieds. Il décida de mentir par omission.

– Elle a voulu rentrer de son côté.

– Tu es sûr?

– Je vous dis la vérité, expliqua-t-il. Lola, elle est partie en premier et je la suivais, de loin. Elle est peut-être dans la chambre et vous ne l'avez pas vue rentrer.

– J'ai déjà regardé.

– Peut-être qu'elle est passée pendant que vous regardiez ailleurs. Peut-être qu'elle vous a fait une blague.

La vieille femme secoua la tête.

– Non, non, je l'aurais vue. J'ai toujours gardé un œil sur la porte.

Elle mit ses mains en porte-voix et lança un appel :

– Lola ?

Rien.

– Lola ?

– Je vais voir si elle est à l'intérieur, dit Aymen en se dirigeant vers la porte.

Derrière lui, la vieille femme cria plus fort :

– Lola ?

Aymen grimpa quatre à quatre les marches qui menaient à la mezzanine. Lola n'était pas là. Il pensa à la ruine maudite et à la promesse qu'il lui avait faite. Il brûlait d'envie de dire à sa grand-mère où ils étaient allés, mais une promesse était une promesse et il pensa que Lola avait sûrement une bonne raison de ne pas être encore là. Il se dit : « Il n'est rien arrivé de grave, c'est sûr. Lola va bientôt apparaître avec une bonne explication et tout rentrera dans l'ordre. »

Peu de temps après, la vieille femme le rejoignit et lui demanda à nouveau ce qu'il s'était passé.

– On s'est un peu disputés, répondit-il.

Elle cria presque :

– Regarde-moi dans les yeux, mon garçon. Il sera bientôt six heures et Lola n'est toujours pas rentrée, alors dis-moi où elle est.

– Je ne sais pas, s'entêta-t-il sans oser lever la tête.

– C'était quand, cette dispute?

Aymen balbutia:

– Juste avant que j'arrive... Ce n'était pas très grave. Elle... elle devrait déjà être là. Elle était devant moi, je vous assure, madame.

– Où ça?

Aymen sentit le rouge lui monter aux joues.

– Par-là, juste au-dessus, dit-il en indiquant un point imaginaire qui surplombait la maison, près du grand cerisier.

La grand-mère jura, puis elle saisit le garçon par le bras et le força à la suivre à l'extérieur.

– Viens avec moi pour me montrer où ça s'est passé.

Le ton de sa voix fit peur à Aymen.

– Vous me faites mal, dit-il en louchant vers le téléphone qu'elle tenait toujours dans sa main. Je ne sais vraiment pas où est Lola et je veux parler à ma maman.

La grand-mère le lâcha subitement.

– Oui, oui, bien sûr. Excuse-moi, mon petit. Je suis juste inquiète. On appellera tes parents, mais d'abord, nous devons retrouver Lola.

Ses mots parurent apaiser un peu Aymen. Elle s'accroupit face à lui.

– Allez, emmène-moi à l'endroit exact où tu l'as vue pour la dernière fois.

Aymen croisa son regard et crut y déceler une lueur de peur semblable à la sienne.

Il dit :

– Je veux appeler maman tout de suite, s'il vous plaît.

La vieille femme le dévisagea longuement, comme si elle cherchait à percer un mystère, puis elle poussa un soupir de lassitude. Elle sortit une paire de lunettes de sa poche, les mit sur son nez et composa un numéro.

– C'est moi...

Elle expliqua ensuite à sa fille la situation, en s'efforçant de ne pas dramatiser, mais Aymen percevait de légers trémolos dans le ton de sa voix. Il entendit plusieurs fois les mots « partir à sa recherche », « voisins » et aussi « gendarmerie », ses mains et ses jambes se mirent à trembler, un peu, d'abord, puis beaucoup.

– Je suis avec le petit, finit-elle par dire. Il voudrait parler à sa mère.

Elle lui tendit le combiné.

– Je vais voir les voisins, dit-elle. Ne bouge surtout pas d'ici.

Aymen prit aussitôt le téléphone et le colla à son oreille.

– Maman, souffla-t-il.

– Qu'est-ce qu'il se passe, mon chéri?

Aymen fondit en larmes.

– J'ai peur.

*

La grand-mère revint peu de temps après avec une femme et un homme d'une cinquantaine d'années. Elle reprit le téléphone, échangea brièvement avec la mère d'Aymen, puis elle raccrocha.

La femme avait un accent très prononcé. Aymen comprenait mal ce qu'elle disait. L'homme, un colosse encore plus grand que son père, porta sur lui un regard bienveillant. Il avait des mains énormes qui lui rappelaient celles de ces paysans qu'il voyait à la télévision syrienne.

– Ne t'inquiète pas, bonhomme, dit le voisin d'une voix rocailleuse. On va la retrouver, la petite Lola.

Il sourit, fit un clin d'œil et lui ébouriffa les cheveux de ses gros doigts.

– Elle ne doit pas être bien loin.

La grand-mère donna ensuite à Aymen une tranche de pain et deux morceaux de pâte de coing, puis elle lui ordonna de rester dans la chambre et de laisser faire les adultes. Aymen obéit docilement, mais il fut incapable d'avaler la moindre bouchée à cause des nœuds dans son estomac.

Il avisa un roman à la couverture colorée et une lampe de poche, sur la table de nuit de Lola. Il s'arrêta un instant sur le titre du livre, *Les Cascadeurs du temps*, de Christian Grenier. La couverture montrait un vaisseau spatial futuriste se dirigeant vers une planète étrange de couleur grise qui ressemblait à une lune dépourvue de cratères. Il se demanda de quoi ça pouvait parler. Il le feuilleta sans parvenir à se concentrer, s'attarda sur les rares images qui ponctuaient le récit, à l'entrée de chaque chapitre, et le remit en place. Puis il joua machinalement avec l'interrupteur de la lampe de poche, avant de la reposer.

Les minutes défilèrent, rythmées par le va-et-vient incessant de la grand-mère et du couple de voisins qui entraient, passaient des coups de fil, sortaient, entraient à nouveau, avant de ressortir. Aymen entendait leurs messes basses et leurs appels, dehors, parfois proches de la maison, parfois lointains. Il chercha à comprendre ce que Lola avait bien pu faire depuis leur séparation, deux heures plus tôt, mais il ne trouva aucune explication logique à ses interrogations.

Aymen se remémora les dernières paroles de sa mère, au téléphone :

« Tout va bien, mon chéri.

– Ce n'est pas vrai, tout va mal, au contraire.

– Allez, allez, ne te fais pas de souci, ce n'est pas ta faute. Avec la maman de Lola, on se met en route tout de suite.

– Vous arrivez quand?

– Nous en avons pour deux heures. Tu m'attends bien sagement. »

Il se les répéta comme un mantra pour se rassurer, mais les tremblements qui l'agitaient ne cessèrent pas pour autant. Ce qu'il redoutait le plus, c'était le moment où la grand-mère de Lola se rendrait compte qu'il avait menti, pour leur excursion dans la ruine et pour le reste. Il imagina le pire pour lui et ses parents. On le traitait de menteur, la police venait le trouver, on l'interrogeait, puis on l'enfermait dans l'un de ces centres de rétention, avant de le renvoyer en Syrie avec sa famille. Des images de guerre lui revinrent à l'esprit, une maison qui brûlait, une bombe qui explosait, les hurlements d'une mère et de ses filles qui vrillaient ses tympans. Il dut fermer les yeux pour ne pas se mettre à crier.

Quand le ronflement d'un moteur de voiture s'éleva du chemin qui montait à la maison, il fit un bond sur son matelas et se précipita à la fenêtre, dans l'espoir de voir surgir sa mère.

Le véhicule qui apparut au sommet de la côte n'était pas celui de la mère de Lola, mais un break bleu foncé surmonté d'un gyrophare de même couleur. Sur les portières, en lettres blanches, Aymen déchiffra le mot *Gendarmerie*. Deux hommes et une femme en uniforme en sortirent et s'avancèrent pour saluer la grand-mère de Lola.

Aymen paniqua pour de bon et il fut pris de vertige. Son cœur fit un saut dans sa poitrine. Il se dit : « Ils viennent pour moi. »

La peur au ventre, il regarda autour de lui. Hébété, il ramassa le livre et la lampe torche, les fourra dans son sac à dos, dévala les escaliers et se faufila jusqu'à la porte de derrière. Une fois dehors, il vérifia par-dessus son épaule que personne ne le suivait. Il escalada alors le muret qui lui faisait face, gagna le chemin, courut comme un dératé jusqu'à ce qu'il soit certain de ne plus être visible depuis la maison. Là, il ralentit, rajusta les bretelles du sac sur ses épaules et prit la direction de la ruine maudite.

5

Prise au piège

Lola reprit conscience avec un mal de tête effroyable. Elle ouvrit péniblement les yeux et attendit de s'habituer à la pénombre qui régnait sur les lieux. Elle se redressa pour s'asseoir, puis elle jeta un œil autour d'elle.

Elle se trouvait dans une sorte de cavité étroite. Le sol était tapissé d'un mélange de mousse et d'une terre noire et humide, spongieuse, semblable à de la boue. Un bloc de granit parfaitement lisse constituait à lui tout seul les trois quarts de la paroi. Des cristaux brillaient à sa surface. Çà et là, des bouquets de fougères capillaires noires s'agrippaient comme elles le pouvaient aux rares fissures ou aspérités qu'offrait la roche. Le reste consistait en un mur de pierres de taille cimentées qui grimpait jusqu'au sommet du trou.

L'unique source de lumière provenait d'un point minuscule situé plus haut, au-dessus d'elle. Elle distingua l'arrondi familier d'une margelle en grès et comprit alors qu'elle était tombée dans un ancien puits.

Heureusement pour elle, il n'y avait plus d'eau.

Pas d'eau, mais un piège bien réel. Une cage aux murs de pierre, au cœur d'une ruine que tout le monde évitait comme la peste depuis des années.

« Des oubliettes », pensa-t-elle en frémissant.

Elle appela :

– Il y a quelqu'un ?

L'écho de sa voix se répercuta longuement sur les parois avant de s'éteindre. N'obtenant aucune réponse, elle récidiva :

– Aymen, tu es là ?

Mais elle ne nourrissait pas beaucoup d'espoir au sujet du garçon. Elle l'avait vu filer en courant, peu avant qu'elle ne chute ici. À l'heure qu'il était, Aymen était certainement installé tranquillement devant la télé, avec sa grand-mère, à attendre qu'elle rentre.

Elle dit d'une voix claire :

– Je suis une grande fille courageuse. Je n'ai pas peur. Je vais sortir d'ici et rentrer chez moi. Je suis une grande fille courageuse...

Elle porta la main à son front. Une croûte s'était formée à la limite du cuir chevelu, mais apparemment, elle ne saignait plus. Tant mieux ! La question était à présent : comment sortir de là ?

Elle consulta sa montre, mais le cadran était endommagé. Elle porta son poignet à l'oreille et n'entendit pas le tic-tac rassurant du mécanisme. Toutefois, elle avait encore son sac à dos qui, elle s'en souvenait, contenait une serviette de bain, une bouteille d'eau à moitié vide, un Opinel et... son portable ! Elle l'ouvrit en grimaçant. Sa cheville droite l'élançait un peu. Elle fouilla dans la poche intérieure et sentit sous ses doigts avec soulagement la forme familière de son smartphone. Elle le sortit d'un geste fébrile et constata que l'écran avait été abîmé dans sa chute. Elle passa l'index dessus, mais rien ne se produisit. Elle renouvela son geste plusieurs fois, en vain, jusqu'à ce que l'appareil émette un ronronnement fatigué et finisse par s'éclairer d'une lumière pâle. La coque était en piteux état et l'écran fracturé en de multiples endroits, rendant impossible l'accès à certaines fonctions.

Heureusement, pas celle du téléphone.

Lola sélectionna l'icône correspondante. Une vingtaine d'appels en absence, tous de sa grand-mère et de sa mère, ce qui signifiait qu'on s'inquiétait qu'elle ne soit pas rentrée. Et qu'il y avait du réseau. Lola pressa l'interface du rappel automatique.

Son cœur battait la chamade.

Sa grand-mère décrocha à la première sonnerie.

– Lola, c'est toi? demanda-t-elle d'une voix inquiète et heureuse à la fois.

– Oui, mamy.

– Bon sang, ce que je suis contente de t'entendre, ma chérie, tu ne peux pas savoir. On s'est fait un sang d'encre! Où es-tu?

Lola n'hésita pas une seconde, même si elle devait être punie pour le restant de ses jours.

– Avec Aymen, on est passés par...

Avant qu'elle ait eu le temps de terminer sa phrase, le portable grésilla, une fraction de seconde, avant de s'éteindre, en même temps que disparaissait la lumière de l'écran.

Lola s'échina à le rallumer pendant un long moment, mais elle dut se rendre à l'évidence : l'appareil avait rendu l'âme pour de bon.

– Merde, merde et merde !

Lola comprit qu'elle allait devoir se débrouiller toute seule.

Elle leva les yeux, évalua mentalement la distance qui la séparait de la sortie et mit ses mains à plat sur le sol pour se redresser. Un violent élancement à la cheville lui fit perdre l'équilibre.

Elle poussa un cri et tomba en arrière.

*

Lola reprit ses esprits et respira lentement en attendant que la douleur s'atténue. Elle tâta sa cheville en serrant les dents pour ne pas crier.

Son pied avait doublé de volume.

Elle se releva ensuite avec mille précautions en s'aidant de la paroi et constata que le mouvement était supportable, tant qu'elle prenait appui sur l'autre jambe. *A priori*, rien de cassé, mais probablement une belle entorse qui allait handicaper à coup sûr son projet d'évasion.

Elle regarda vers le haut.

La lumière du jour s'affaiblissait de minute en minute. Elle se demanda combien de temps elle était restée inconsciente. Une heure? Deux heures? Plus?

Elle se dit aussi: «Quel genre de bestiole vit dans un ancien puits asséché? Lézard? Araignée? Souris? Rat? Serpent?»

Son rythme cardiaque s'affola.

Elle cria de toutes ses forces:

– Quelqu'un m'entend?

Seul le croassement d'un corbeau lui répondit.

Elle se concentra sur le bout de ciel encore bleu, au-dessus de sa tête, pour refouler le sentiment de panique qui l'envahissait.

Et ça fonctionna.

Un peu.

En tout cas, suffisamment pour qu'elle reprenne confiance en elle.

Elle s'adossa prudemment à la paroi et chercha du regard le meilleur endroit pour débuter son escalade. Aucune chance du côté du bloc de granit. Ne restait que le mur de pierres de taille. Plus haut, une fissure assez importante offrirait suffisamment de prises pour ses mains et ses pieds. Elle courait en biais sur plusieurs mètres. Il suffisait donc de l'atteindre pour se rapprocher de la sortie. Au-dessus, c'était l'inconnu. Les jeux d'ombre et de lumière rendaient l'évaluation de la distance et de l'état de la paroi trop floue pour que Lola puisse être sûre de quoi que ce soit.

Objectif numéro un : atteindre la fissure.

Elle s'approcha en clopinant du mur, tendit le bras et chercha une aspérité du bout des doigts, qu'elle trouva. Elle fit de même avec sa deuxième main et, une fois assurée, elle se hissa d'une trentaine de centimètres. Son pied gauche correctement calé, elle renouvela l'opération une première fois avec succès, puis une deuxième en tentant ce coup-ci de s'aider de sa jambe blessée, mais la douleur était trop vive. Une décharge électrique lui traversa le corps et la fit lâcher prise à quelques centimètres à peine de la fissure qu'elle visait.

Elle chuta lourdement sur sa jambe valide et roula au sol en réussissant à préserver sa cheville d'un choc trop violent.

Elle n'abandonna pas pour autant.

Elle s'assit avec d'infinies précautions, s'accroupit, s'étira pour vérifier que tout allait bien, se leva et visualisa sa trajectoire future sur le mur.

Là, un renflement sur une pierre qui lui servirait d'appui pour sa main droite. À la limite du bloc de granit, un autre où accrocher sa main gauche. Non, vingt centimètres plus haut, un renfoncement plus profond. Ensuite, son pied gauche, une fois qu'elle se serait hissée une première fois. Et ainsi de suite. C'était faisable, elle le savait, si sa cheville et ses forces ne lui faisaient pas défaut. Lola était une bonne grimpeuse. Elle s'était entraînée sur le grand cerisier des dizaines de fois. Bien sûr, ici, aucune branche à laquelle s'accrocher, mais rien d'insurmontable, avec de la volonté. Elle devait à tout prix atteindre la fissure qui lui permettrait de rejoindre un petit promontoire rocheux sur lequel elle pourrait se reposer un moment avant l'ascension finale.

Pour plus de sécurité, elle sortit la serviette de bain de son sac, découpa une bande avec son Opinel et banda sa cheville pour amortir d'éventuels chocs à venir. Elle confectionna quatre autres bandes, plus fines, dont elle s'enveloppa les coudes et les genoux, puis elle plia et rangea le couteau dans sa poche.

Elle vida le quart de sa bouteille d'eau, la remit dans son sac, qu'elle abandonna au sol, puis elle se posta face à la paroi, les mains sur les hanches.

– Allez ! dit-elle pour se donner du courage. D'abord la main droite.

Elle atteignit la prise visée.

– La main gauche, maintenant.

Elle trouva aussitôt le bon emplacement.

– Le pied...

Elle s'éleva d'une cinquantaine de centimètres.

– Oui !

La première étape franchie, elle recommença. Voilà, quelques centimètres de plus ! Et encore. Elle tendit le bras avec fébrilité et réussit enfin à glisser la main dans la fissure. Elle s'immobilisa un instant pour savourer sa petite victoire, jeta un bref coup d'œil en contrebas pour mesurer sa progression.

– Allez ! cria-t-elle.

Et elle repartit à l'assaut, euphorique.

Le mètre suivant fut plus facile. La fissure offrait toutes les prises nécessaires. Lola s'emballa, persuadée d'être bientôt au bout de ses peines. Plaquée contre la roche, elle grimpa aussi vite qu'elle le put, sans ménager les protections qu'elle s'était confectionnées.

Au mouvement suivant, pourtant, la fissure se rétrécit abruptement pour ne plus former qu'une mince fracture dans laquelle plus aucun de ses doigts ne pouvait s'introduire. Le promontoire qu'elle avait repéré était à moins d'un mètre. Elle pouvait encore l'atteindre.

Crispée sur son pied valide, Lola scruta attentivement la paroi, à la recherche d'une solution de repli, mais elle n'en vit aucune.

– S'il te plaît, murmura-t-elle en serrant les dents.

Les muscles de ses bras se raidissaient, mais sa jambe tenait bon. L'image de son Opinel s'imposa dans son esprit. Elle conforta la prise de sa main gauche, lâcha la paroi de la droite et fouilla dans sa poche, puis porta le couteau à sa bouche. Elle en déplia la lame, maladroitement, avec les dents et l'introduisit au-dessus de sa tête dans une fente. La lame buta contre un caillou, coincé dans la fissure. Elle testa la résistance de sa prise, s'accrocha à l'idée que ça pouvait fonctionner et parvint à se hisser plus haut. Elle chercha à tâtons où s'agripper avec son autre main, mais ne trouva qu'une surface plane et glissante.

– S'il te plaît ! dit-elle d'une voix forte. S'il te plaît, une prise, vite !

Mais la roche était désespérément lisse. Lola fatiguait. Un début de crampe envahit son mollet. Son appui sur le couteau faiblit. Elle décida de tenter le tout pour le tout et se jeta vers le haut, dans l'espoir d'attraper le rebord du promontoire. La lame céda soudain dans un claquement sinistre et Lola, à bout de forces, se désunit et dégringola tout en bas.

Les larmes aux yeux, elle s'élança à nouveau, sans perdre de temps, mais ses muscles, épuisés par l'effort, ne répondaient plus à ses sollicitations.

À cinq reprises, elle ne parvint même pas à grimper jusqu'à la fissure. À genoux, Lola refusait d'abdiquer. Elle se releva une sixième fois, prit appui sur la mauvaise jambe qui céda sous elle et la jeta à terre, comme si une main invisible voulait l'empêcher de quitter le fond du puits.

À quatre pattes dans la boue, les paumes des mains écorchées par ses multiples tentatives d'évasion, elle leva les yeux au ciel.

Le soleil était couché à présent, l'obscurité gagnait rapidement du terrain et seuls les cristaux incrustés dans le granit reflétaient encore un peu de lumière. Un à un, ils s'éteignirent en quelques minutes, avant que la nuit ne tombe brutalement.

Lola poussa un cri de désespoir, comprenant que tout était fichu.

Elle disposa son sac dans un coin, s'assit dessus, dos à la paroi, but ce qu'il restait d'eau dans sa bouteille et rassembla ses dernières forces pour appeler au secours.

6

À l'aveuglette

Le soleil glissa derrière la ligne d'horizon alors qu'Aymen atteignait la crête qu'il avait empruntée avec Lola dans l'après-midi. Le ciel se nimba d'une myriade de dégradés de rouge, de violet et de jaune. La température de l'air, pourtant, ne faiblissait pas d'un degré, l'atmosphère était suffocante.

En nage, Aymen payait les efforts fournis toute la journée, pendant la récolte de pommes de terre et les jeux avec Lola. Il multipliait les pauses, au bord du chemin, et le moindre raidillon lui rappelait combien les muscles de ses jambes étaient douloureux. Chaque fois, la peur des gendarmes, sans doute lancés à sa poursuite, le persuadait de reprendre sa marche et d'accélérer encore, pour les distancer.

Si Lola n'était pas rentrée, quelles que soient ses raisons, il devait la retrouver. Il se méfiait de la grand-mère, des voisins, des gendarmes, mais, malgré leur dispute, il avait confiance en la jeune fille. Elle était de loin ce qui ressemblait le plus à une amie, ici. Elle connaissait le coin comme sa poche, elle le guiderait, elle lui trouverait une cachette. Elle avait un portable. Peut-être l'aiderait-elle à avertir ses parents de la venue des gendarmes et du double jeu que menait sa grand-mère. Ils pourraient se retrouver quelque part, ils se débrouilleraient. Son père avait l'habitude. Ils avaient traversé tant de mauvaises passes depuis leur départ de Syrie. Son père avait résolu chaque problème, les menant d'un pays à un autre. Ses parents étaient des héros.

Et Lola, sa meilleure alliée.

À lui, Aymen, de se montrer à la hauteur, car pour l'heure, il ignorait encore comment la rejoindre. Il ne se souvenait plus exactement où se situait l'entrée du passage qui menait à la ruine maudite.

Dans les dernières lueurs du crépuscule, les ombres et la lumière rasante métamorphosaient la géographie des lieux. Les distances s'étiraient comme par enchantement, les souvenirs se déformaient et le sentier que le garçon avait parcouru deux fois, à l'aller et au retour, paraissait différent.

Au point qu'Aymen se demandait s'il ne s'était pas trompé.

Il poursuivit plus avant, rebroussa chemin, revint à son point de départ. La nuit tombait, la visibilité était de plus en plus réduite.

Il crut un instant avoir trouvé le passage dans les ronces qu'ils avaient emprunté l'après-midi même mais, au lieu de déboucher sur le vignoble abandonné, il tourna en rond pendant de longues minutes dans un roncier immense, qui se densifiait au fur et à mesure de son avancée. Il se démena comme un beau diable pour s'en dépêtrer, il se griffa, s'arracha la peau du cou, des avant-bras et des mollets. Il chuta même, à deux reprises, le nez dans les broussailles. Une véritable jungle d'épines et de lianes parasites qui lui laissèrent des traces sanguinolentes.

Quand il en émergea, enfin, la nuit était tombée et il eut un mal fou à retrouver le sentier, en contournant l'obstacle végétal.

Il s'assit, à l'écoute, guetta un moment d'éventuels bruits de pas. Le hululement d'une chouette le fit bondir sur ses pieds. Sa présence avait dû la déranger. Il entendit son cri se déplacer au-dessus de sa tête, puis disparaître dans le lointain. Hormis le chant constant des grillons, il ne perçut aucun mouvement humain. Rassuré, il se débarrassa de son sac et en sortit la lampe de poche de Lola. Il la mit en marche, autant pour vérifier qu'elle fonctionnait bien que pour l'utiliser, et se remit en route dans l'espoir que sa quête serait plus fructueuse que lorsqu'il faisait encore jour. L'appareil diffusait un halo de lumière circulaire qui le réconforta, un peu comme s'il le protégeait des menaces de la nuit.

*

Sa progression était plus lente. Mal adaptée à la randonnée, la lampe de poche manquait de puissance. Aymen butait sur des cailloux ou des mottes d'herbe invisibles, se prenait les pieds dans des branches qu'il voyait trop tard.

Il lui fallut un quart d'heure pour admettre qu'il s'était éloigné du sentier et qu'il ne le retrouverait jamais. Il possédait une lampe, mais en réalité, c'était comme s'il était aveugle. Le cercle lumineux était une illusion. Sans repères, sans connaissance des lieux, Aymen n'était bon qu'à tâtonner dans le noir indéfiniment.

Il fit quelques pas supplémentaires, scrutant les ténèbres dans l'espoir qu'un passage s'ouvrirait par miracle dans la nuit, lui révélant la direction de la ruine maudite. Il se dit qu'elle portait bien son qualificatif, maudite, comme lui, pauvre garçon syrien, désorienté et perdu loin de son pays et des siens. Il tourna sur lui-même, balaya les environs de sa lampe. Il crut distinguer une forme familière. Il fronça les sourcils, se rapprocha. Non, il ne s'agissait que d'un buisson. Derrière lui, il y eut un grattement dans les feuilles. Aymen se retourna pour lui faire face, mais le bruit cessa aussitôt. Probablement un rongeur attiré par la lumière et que ses pas avaient effrayé.

Aymen s'immobilisa.

– C'est fichu, dit-il tout haut.

C'est alors qu'il vit un point lumineux, sur sa droite, assez loin. Il crut d'abord à une étoile ou à un lampadaire, jusqu'à ce qu'il constate que la lumière se rapprochait de lui.

Il pensa : « Les gendarmes ! »

Ils avaient dû repérer le faisceau de sa lampe, dans la nuit, et s'en servaient maintenant pour le pister. D'un geste vif, il l'éteignit aussitôt. Il prit une direction au hasard et courut à l'aveuglette sur une trentaine de mètres entre les fourrés. Branches et ronces lui lacéraient les bras et les jambes, mais cela ne l'arrêta pas. Priant pour que personne ne l'ait entendu, il s'accroupit ensuite contre un tronc d'arbre et ne bougea plus.

De longues minutes défilèrent avant qu'il ne capte un bruit de pas, puis des mots étouffés.

– C'était là ! fit une voix grave qu'il ne connaissait pas.

Une autre, presque inaudible, lui répondit sèchement dans la foulée :

– Vous en êtes sûr ?

– Oui.

– Je n'ai rien vu.

– Il se déplaçait en dessous de la crête, d'est en ouest. Ça ne peut être que lui.

Aymen se tassa sur lui-même en prenant soin de faire le moins de bruit possible pour ne pas trahir sa présence. Ses poursuivants possédaient des lampes puissantes. Ils pouvaient à tout moment le débusquer.

Les voix se rapprochèrent.

– Par ici, j'ai cru voir quelque chose bouger ! s'exclama la première voix.

– Éclairez mieux ! dit la deuxième, qu'Aymen identifia comme étant celle du voisin, le type aux gros doigts qui lui avait mis la main dans les cheveux, chez la grand-mère de Lola.

– C'était près de cet arbre.

– Lequel ?

Un rai de lumière éclaira les branches basses d'un chêne à côté d'Aymen et passa ensuite juste au-dessus de sa tête. Il tournoya un instant, partit dans une autre direction, avant de revenir se fixer sur les épines d'un jeune pin, à deux mètres à peine du garçon.

Le voisin toussa.

– Je ne vois rien.

– J'aurais pourtant juré avoir capté un mouvement.

– Où ?

– Là, à droite du petit chêne.

Aymen se recroquevilla encore en tremblant de tous ses membres et ferma les yeux pour mieux contrôler son souffle. Son cœur battait à tout rompre dans sa poitrine. Il avait l'impression que tout le monde pouvait l'entendre; même s'il savait que c'était impossible.

Le voisin cria :

– Aymen, mon garçon ! Tu es là ?

L'autre jura.

– La végétation est trop dense dans le coin. Un enfant de cet âge ne pourrait pas y passer sans que nous l'entendions bouger. Laissons tomber, il n'est pas ici. J'ai dû me tromper. Peut-être devrions-nous aller voir du côté de la châtaigneraie, sur le versant ouest de la colline, ou à la ferme des Duprat, près de l'ancien moulin. Plus bas, il y a un chemin qui mène au village. Il aurait pu s'y rendre. En pleine nuit, je ne vois pas d'autre endroit où il aurait pu aller.

– Vous avez sans doute raison, mais, maintenant qu'on est là, je veux quand même vérifier.

Aymen perçut un déplacement sur sa droite.

– Bon sang, mais qu'est-ce qui a pu lui passer par la tête à ce gamin? dit le voisin avant de l'appeler à nouveau: Mon garçon, si tu es là, montre-toi! Nous ne te voulons aucun mal.

«Tu parles!» pensa Aymen, qui n'en croyait pas un traître mot.

L'homme poursuivit d'une voix claire:

– Tes parents sont très inquiets, tu sais. Tout à l'heure, j'étais au téléphone avec ta maman. Elle voudrait que tu sortes de là et que tu rentres avec moi à la maison pour l'attendre.

Aymen retint sa respiration. Ce coup-là, ce n'était pas la première fois qu'on le lui faisait. Son père l'avait déjà mis en garde contre les adultes et leurs techniques de persuasion. Deux fois, par le passé, à la sortie d'Alep, la nuit de leur fuite, ses parents et lui avaient failli se faire attraper par des miliciens.

Le voisin l'appela:

– Aymen!

L'autre surenchérit:

– Aymen ! Viens avec nous !

– Tout se passera bien, tu verras !

– Aymen, mon bonhomme, sors de ta cachette.

– Tout se passera bien.

Puis les deux hommes en chœur :

– Hé ho !

Aymen se boucha les oreilles pour ne pas entendre leurs mensonges. Il compta mentalement jusqu'à cent, retira prudemment ses mains et écouta.

Plus aucun bruit.

Il patienta plusieurs minutes encore, afin de s'assurer qu'il ne s'agissait pas d'une ruse, puis il se redressa avec précaution.

Personne.

Il regarda autour de lui et distingua alors, loin de l'endroit où il se tenait, sur l'arête sommitale de la colline, le halo puissant de la lampe torche de ses poursuivants. Les deux hommes avaient été à deux doigts de le coincer, cette fois-ci. Il s'en était vraiment bien sorti. Son père serait fier de lui.

Il poussa un soupir de soulagement.

Pour autant, il n'était pas tiré d'affaire.

Sa situation n'était pas glorieuse. Son ventre gargouillait. Il regretta de ne pas avoir mangé le goûter que lui avait donné la grand-mère ou de ne pas l'avoir emporté. Il était également épuisé. Tant pis, il faudrait faire avec. Il devait maintenant trouver un endroit où passer la nuit et dormir, avant de reprendre ses recherches dès que le soleil serait levé. Ce serait plus compliqué, pour sûr ! En plein jour, ses poursuivants le repéreraient plus facilement, mais il n'avait pas vraiment le choix. Aymen s'appuya contre le tronc d'arbre et se décida à rallumer la lampe.

Il s'aperçut que le tronc était en fait un piquet.

Surpris, il l'observa avec attention. Du fil de fer y était fixé sur trois niveaux. Il éclaira plus loin et vit un autre piquet, planté au milieu des hautes herbes. Puis un troisième, parfaitement aligné. Et ainsi de suite. Il sourit en comprenant qu'il venait de retrouver, par hasard, le vignoble qui était à proximité de la ruine.

La chance avait enfin tourné en sa faveur.

Il se retint *in extremis* de hurler sa joie.

*

Aymen se remémora l'expédition de l'après-midi. Il visualisa dans son esprit le vignoble et l'emplacement exact de la ruine, puis il commença à contourner le champ par la droite. Il suivit le roncier d'un pas mal assuré, en prenant garde de ne pas s'égarer à nouveau. Comme il l'espérait, il dénicha ensuite le talus. Il l'escalada, avant de se retrouver face à l'immense bâtisse.

La ruine maudite.

La ruine bénie!

C'est le moment que choisit la lune pour se lever, à l'est, au-dessus de la montagne. Un magnifique disque orangé, presque complet, survolant comme par magie une ligne de pins en ombre chinoise.

Subjugué par le spectacle, Aymen ouvrit de grands yeux et oublia un instant la faim, la fatigue et la peur. Il éteignit la lampe.

Puis il entendit les cris de Lola.

7

Drôles de retrouvailles

– Au secours!

Les cris provenaient de l'intérieur de la ruine. Aymen ralluma la lampe et se dirigea vers la brèche, puis il cria à son tour:

– Lola!

Il n'y eut pas de réponse, mais les cris cessèrent.

– Lola! reprit-il. C'est moi, Aymen.

Cette fois-ci, les cris redoublèrent d'intensité.

– Par ici! Par ici!

Aymen n'eut aucun mal à se diriger. Il s'engouffra sans hésitation dans la bâtisse, le faisceau de la lampe braqué devant ses pieds pour ne pas trébucher sur un bloc de pierre. La voix de Lola était toute proche, à présent.

Il s'immobilisa.

– Tu peux sortir de ta cachette, maintenant, je suis là.

– J'aimerais bien !

La voix de Lola résonnait étrangement, presque caverneuse, comme en écho.

– Ça va ? s'inquiéta Aymen.

– Maintenant que tu es là, oui !

Aymen sourit.

– Tu es où ? demanda-t-il.

– Là ! Dans un trou.

– Quoi ?

Étonné, Aymen avança mais ne vit rien.

– Où ça ?

– Dans un puits, au centre.

– Je ne vois qu'un tas de cailloux.

– C'est là, juste à côté. Avance-toi, mais sois prudent. L'ouverture ne se voit pas bien. C'est comme ça que je suis tombée, tout à l'heure.

Guidé par la voix de Lola, Aymen réussit à trouver l'entrée du trou. Il s'allongea sur le ventre et rampa jusqu'à ce que sa tête surplombe le vide. Il s'accrocha d'une main à la dalle de grès, vestige de la margelle du puits, et braqua la lampe vers le bas.

Lola lui fit un signe de la main.

– Tu me vois, ça y est?

– Oui, oui!

Aymen siffla tant le puits était large et profond. Il devait bien mesurer un mètre cinquante de diamètre, et le fond se situait probablement aux alentours des cinq ou six mètres, pas moins. Lola avait fait une sacrée chute.

Il rajusta le faisceau de la lampe pour permettre à Lola de ne plus être dans le noir.

– La vache! C'est hyper profond!

La jeune fille leva les bras d'un air las en guise de réponse. Elle souriait mais ses traits étaient tirés. Comme lui, elle avait l'air très fatiguée. De la boue maculait la peau de son visage et de son cou, faisant ressortir le blanc de ses yeux. Des mèches blondes crasseuses ceignaient son front. Des bandages colorés lui recouvraient les coudes, les genoux et la cheville. Elle ressemblait à l'un de ces enfants que l'on envoyait dans les mines de charbon. Aymen crut deviner des traces de larmes sur ses joues.

Il demanda :

– Tu es blessée?

– Je crois que je me suis foulé la cheville en tombant. Pour le reste, ça va. Avant d'atterrir là, j'ai glissé sur une espèce de plaque de pierre que tu dois apercevoir, plus haut, puis la terre qu'il y a dans le fond a amorti ma chute. J'ai eu de la chance.

Aymen inspecta la paroi et suivit en pensée la trajectoire de Lola. Il vit effectivement le petit promontoire, puis la mousse sur les parois et, enfin, le bloc de granit qui constituait la quasi-totalité de la partie basse du puits.

– Tu es là depuis combien de temps?

Lola se releva en grimaçant.

– Pas longtemps après ton départ. J'ai essayé de te rattraper.

– Tout ça c'est ma faute. Je suis désolé. Tellement désolé. Si seulement...

Lola le coupa :

– On verra plus tard pour les excuses et les lamentations. Ce que je veux, moi, c'est sortir de ce trou de merde ! Tu as apporté une corde?

Aymen fit « non » de la tête.

– Je suis désolé, dit-il. Ça a été...

Il chercha ses mots. Il ne voulait pas l'inquiéter avec toutes ces histoires de gendarmerie et de poursuite à la lampe torche. Il estima qu'il n'était peut-être pas nécessaire de tout lui dire pour l'instant. Il lui exposerait ses projets de cavale plus tard, le moment venu.

– Ça a été compliqué de venir jusqu'ici, lâcha-t-il. Je te raconterai quand on t'aura sortie de là.

– Mamy n'est pas avec toi? demanda Lola d'une voix inquiète.

– Elle attend ta mère à la maison, se justifia Aymen, se gardant bien d'en dire plus.

– C'est bizarre... Comment as-tu retrouvé le chemin, en pleine nuit?

– Hé, c'est que j'ai le sens de l'orientation, moi!

Le garçon se força à rire.

– Bon, comment tu comptes me faire sortir d'ici? insista Lola.

Aymen haussa les épaules.

– Je n'en sais rien. Je n'avais pas prévu que tu tomberais dans un trou. Tu as raison, je dois aller chercher une corde.

– Où?

– Chez ta grand-mère.

– Non, s'écria Lola, ça prendra trop de temps. Ne me laisse pas seule à nouveau ! Trouve autre chose !

– Quoi ?

– Tu pourrais me rejoindre et m'aider à grimper.

Aymen secoua la tête.

– Ça va pas, non ? C'est bien trop profond ! Le mieux, c'est d'utiliser une corde. Je reviendrai vite, je te le promets.

– J'ai trop peur, ici. Je t'en prie !

– Alors je vais t'aider à escalader en t'éclairant avec la lampe, dit le garçon d'une voix ferme. Je guiderai tes pieds et tes mains pour que tu trouves les meilleures prises.

Lola gémit :

– Ça ne marchera jamais.

– Tu peux prendre appui sur ton autre jambe ?

– Oui, dit-elle. Mais pour l'escalade, avec ma cheville, c'est fichu !

– On essaie quand même ! Je vais descendre un peu, sans prendre de risque, toi, tu vas grimper jusqu'à moi, et ensuite, eh bien, on verra !

Aymen scruta à nouveau l'intérieur du puits à l'aide de la lampe. Pour commencer, la descente paraissait vraiment dangereuse. La roche était glissante, le mur parfaitement vertical. L'endroit idéal pour enfermer un prisonnier. De plus, si Lola grimpait aux arbres comme un petit singe, Aymen, lui, n'était pas champion d'escalade.

– Je n'y arriverai pas, finit-il par avouer. C'est bien trop raide. Je peux peut-être atteindre à mains nues la plateforme en pierre et peut-être remonter ensuite, mais en dessous, c'est impossible sans corde ou sans échelle.

– J'ai presque réussi à y grimper, moi !

– Mais tu n'y es pas arrivée. Pourtant, tu es bien meilleure que moi.

Lola se mit à pleurer.

– Il faut que tu me sortes de là ! s'exclama-t-elle en reniflant.

– Mais comment ?

– J'en sais rien.

Lola pleurait de plus en plus fort. Mû par une intuition, Aymen redressa la tête et regarda autour de lui. Il trouva tout de suite ce qu'il cherchait.

– J'ai une idée, dit-il, avant de disparaître.

*

Aymen grimpa sur le tas de débris situé à côté du puits et repéra une petite poutre de plusieurs mètres de long, fichée entre les blocs de pierre. Il coinça la lampe entre ses dents, empoigna l'extrémité de la poutre et tira dessus de toutes ses forces, sans parvenir à la faire sortir de sa gangue.

En contrebas, Lola s'écria :

– Hé, tu ne vas pas t'en aller, hein?

– Pas question que je te laisse, ne t'inquiète pas.

– Tu fais quoi?

– Je cherche un moyen de te sortir de là!

Aymen changea de position et recommença. La poutre bougea un peu, mais resta bloquée.

– Tu as trouvé une corde?

– Si tu arrêtais de me poser des questions, dit-il, en quête d'une solution à son problème. Fais-moi confiance.

Il n'écouta pas la réponse de Lola. Il avisa le débris d'un bout de bois, plus bas, alla le ramasser et grimpa de nouveau au sommet du monticule.

Il cala le morceau de bois sous l'une des grosses pierres qui enserraient la poutre, et l'utilisa comme levier pour la faire rouler en bas du tas. Il répéta l'opération une dizaine de fois, en prenant soin de ne rien faire tomber en direction du puits, retira les plus petits galets à la main, puis il attrapa à nouveau à pleines mains la poutre et essaya de la dégager. Cette fois-ci, elle pivota sur elle-même, lui échappa et bascula sur le côté, enfin libérée de sa gangue. Aymen la mesura au jugé et estima sa longueur à trois mètres, peut-être quatre.

Il vérifia qu'elle était suffisamment solide. Rassuré, il en agrippa alors l'extrémité et la tira jusqu'à la margelle du puits.

– Je vais faire glisser un gros bout de bois dans le fond, dit-il. Essaie de te plaquer contre la paroi pour qu'il ne te tombe pas dessus.

– À quoi ça va servir?

– Fais ce que je te dis et tu verras.

Il s'assura que Lola lui obéissait, lui indiqua de quel côté se tenir, lui dit de se protéger la tête, puis il poussa la poutre au-dessus du trou, la fit basculer et la retint aussi longtemps que ses forces le lui permirent. Il y eut un grand bruit, une série de craquements suivis d'un choc.

Aymen s'allongea, avança la tête et éclaira la scène. Un épais nuage de poussière enveloppait le fond. Il ne distinguait plus rien.

– Ça va, en bas?

Lola toussa.

– Je crois que oui.

Elle fut prise d'une nouvelle quinte de toux. La poussière finit heureusement par se dissiper.

– Et maintenant, on fait quoi?

Aymen regarda le résultat et se dit que c'était jouable. Une extrémité de la poutre touchait le sol, près de Lola, et l'autre atteignait presque le promontoire. Il montra la poutre du doigt.

– Essaie maintenant de la déplacer sur la gauche, de manière qu'elle soit dans l'axe de la plateforme. Tu pourrais ensuite...

– M'en servir comme d'une passerelle et grimper dessus pour monter jusqu'au promontoire, c'est ça! s'écria Lola sans lui laisser le temps de terminer son explication. J'ai compris où tu voulais en venir. Et pour la deuxième partie de l'escalade?

Aymen ne s'était même pas posé la question.

– On improvisera, dit-il. À toi de jouer !

Elle s'exécuta et parvint à caler la poutre au bon endroit. Il manquait une cinquantaine de centimètres, mais ainsi placée, avec un peu de chance, l'extrémité haute du morceau de bois pourrait toujours lui servir de marchepied pour atteindre le promontoire, même si l'escalier improvisé n'était pas très solide.

– J'y vais ! déclara-t-elle.

Aymen l'éclaira du mieux qu'il put. « Quelle fille courageuse ! » pensa-t-il. Impatiente, Lola posa son pied valide sur la poutre et commença à monter en s'aidant de ses mains, une sous la poutre, l'autre à plat sur la paroi. Elle manquait de déraper à chaque pas. De la mousse détrempée recouvrait la surface du bois par endroits, la rendant glissante. Sa progression était lente mais elle grimpait avec l'énergie du désespoir.

Aymen l'encouragea :

– C'est bien, bravo ! Tu as déjà fait la moitié du chemin.

La poutre grinçait sous le poids de Lola. Elle parcourut un mètre supplémentaire. Il y eut un bref craquement. Lola s'immobilisa, craignant le pire, mais le bois tint bon. Elle reprit son ascension, encore plus lentement, puis elle atteignit le sommet et réussit à s'accrocher à un affleurement rocheux. Là, le visage écarlate et les muscles tétanisés, elle ne bougea plus.

– Tout va bien? l'interrogea Aymen.

– Non, parvint-elle à répondre, le souffle coupé. Je n'ai plus de forces dans les bras. Je vais bientôt lâcher.

En écho à ses paroles, le bois gémit à nouveau.

– Viens m'aider! dit-elle en se cramponnant comme elle le pouvait. Mes mains glissent!

– Et si je trouvai une autre poutre? Ça me prendra cinq minutes!

– Je ne tiendrai pas!

– Mais...

– Vite!

Affolé, Aymen s'assit aussitôt sur la margelle, fourra la lampe dans le sac, l'enfila et pivota pour se retrouver face à la paroi. Il compta jusqu'à cinq, ferma les yeux et se laissa tomber sur le promontoire.

Il manqua de perdre l'équilibre, se rattrapa de justesse avec les mains, mais il avait réussi.

Il regarda vers le haut en se demandant s'il parviendrait à remonter.

Sous lui, Lola s'impatienta :

– Qu'est-ce que tu fais ?

– Je suis là, dit-il en se penchant pour lui tendre la main. Tu vois ma main ?

– Je ne vois rien, il fait trop noir.

Aymen la guida.

– Là, juste au-dessus de ta main droite.

– Tu es trop loin !

– Je ne peux pas me pencher plus, sinon je tombe moi aussi.

Lola fit une première tentative qui échoua. La poutre craqua encore.

– Ça va péter ! cria-t-elle. Rapproche-toi.

Aymen s'allongea aussi près du bord qu'il le put, tendit le bras et effleura du bout des doigts la main de Lola.

– Là ! dit-il.

– J'y suis presque.

– Attrape !

Lola rassembla ses dernières forces et lança son bras vers le haut. Au contact de la peau d'Aymen, elle serra très fort. Lui raffermit sa prise sur son poignet, banda ses muscles et tira, tira, pour qu'elle puisse le rejoindre sur la plateforme.

– Allez ! supplia Aymen.

Mais une fois de plus, les choses ne se passèrent pas comme prévu.

La poutre choisit le moment précis où Lola fournissait son dernier effort pour se briser en deux et tomber avec fracas dans le fond du puits. La jeune fille perdit l'équilibre. Suspendue par la main au bras d'Aymen, elle pédala dans le vide dans l'espoir d'accrocher un affleurement rocheux, en vain. Lola était trop lourde, Aymen ne put supporter la tension accrue par ses mouvements désordonnés. Il ne se résolut pas pour autant à lâcher prise, ce qui eut pour conséquence de le faire basculer vers l'avant. Le rocher lui cisaillait le ventre.

– Ne lâche pas ! cria Lola.

Aymen hurla pour se donner du courage, résista une seconde supplémentaire, mais le pire se produisit : Lola l'entraîna dans sa chute, et tous deux rejoignirent la poutre qui gisait au sol en deux parties.

Le temps parut s'étirer. Aymen était tombé sur le dos mais, heureusement, son sac avait amorti le choc. Lola, elle, n'avait pas eu cette chance. Elle avait percuté la paroi et avait été contrainte de se réceptionner sur sa jambe blessée. Allongée sur le dos, la tête dans la boue, elle se tenait la cheville des deux mains en haletant sous le coup de la douleur.

– J'ai très mal, gémit-elle.

Aymen rampa jusqu'à elle, l'attira avec douceur contre lui et souleva sa tête pour la poser délicatement sur ses cuisses.

– On va se reposer un peu, dit-il en mettant le plus de conviction possible dans sa voix. Et après, on recommencera à monter, tous les deux.

Mais il n'y croyait pas lui-même. Il fallait se rendre à l'évidence. La situation était désespérée. À moins d'un miracle, ils ne sortiraient jamais de là vivants. Ils commenceraient par avoir soif, puis froid et, enfin, ils mourraient de faim.

Lola hocha pourtant la tête, comme si elle voulait se laisser persuader qu'il avait raison. Aymen chercha au fond de son cœur les mots qui leur redonneraient confiance, mais il ne trouva qu'une promesse, la seule qu'il se sentait capable de tenir jusqu'au bout.

Il chuchota :

– Je ne t'abandonnerai pas.

8

Main dans la main

Lola prit la main d'Aymen, la ramena contre sa poitrine, puis elle ferma les yeux et essaya de se détendre pour refouler les élancements qui remontaient de sa cheville jusque dans toute sa jambe. Il émanait du garçon une chaleur apaisante.

– Ça ne te dérange pas? demanda-t-elle.

Aymen se força à sourire et l'assura que non, ça ne le dérangeait pas du tout. Sans mouvement brusque, il farfouilla ensuite dans son sac à dos de sa main restée libre. Du bout des doigts, il caressa un instant la couverture cartonnée du livre qu'il avait emporté, puis il saisit la lampe de poche, l'alluma pour se rassurer et l'orienta de façon à éclairer leurs pieds.

Les deux enfants restèrent en silence dans cette position un long moment. Au fond du puits, la température était douce et agréable, presque fraîche. Au moins, ils n'auraient pas à souffrir du froid ni de la chaleur. Là-haut, grillons et grenouilles faisaient un vacarme de tous les diables. Quelque part dans les ruines, la chouette hululait, par intermittence, comme si l'oiseau de nuit, habitué à la vie nocturne, leur parlait pour les réconforter, leur expliquant que, malgré les apparences, l'obscurité pouvait aussi être une alliée. Ou bien peut-être cherchait-il à avertir ses congénères qu'un drôle de couple se tenait là, six mètres sous terre, main dans la main.

Ça aurait pu être romantique, pour un premier rendez-vous secret.

*

La vérité était bien différente.

Point de rendez-vous secret ni de romance, mais une situation catastrophique.

Aymen n'osait pas l'avouer, mais il crevait de trouille. Facile de fanfaronner et d'assurer à Lola qu'il ne la quitterait pas, qu'il la protégerait, qu'il veillerait sur elle, mais ce n'était que des mots. En réalité, il avait peur. De ne pas pouvoir sortir. D'avoir faim à en hurler. Des gendarmes qui pourraient le trouver. Il se demandait combien de temps cela prenait de mourir de soif et de faim. Est-ce que ce serait plus long pour lui ou pour Lola ? Il avait entendu tellement d'histoires horribles de migrants, comme lui, perdus en pleine mer Méditerranée ou coincés dans des camions ou des containers, retrouvés morts asphyxiés, affamés, déshydratés. Peut-être qu'il n'aurait pas dû fuir les gendarmes. Peut-être qu'une reconduite à la frontière aurait été préférable à une fin longue et douloureuse ici. Peut-être que ses parents ne lui en auraient pas voulu tant que ça. Et, au moins, il aurait pu leur indiquer où se terrait Lola. Évidemment, Aymen ne pouvait pas deviner qu'elle était tombée dans ce fichu puits. Qui aurait pensé à un truc pareil ? S'il avait agi différemment, Lola aurait retrouvé sa famille. Elle lui en aurait peut-être voulu un peu d'avoir trahi sa promesse de garder secrète leur visite à la ruine maudite mais, après tout, elle aurait été sauvée.

Aymen se traita d'imbécile. Lola dut deviner quelles pensées l'animaient car elle remua et lâcha sa main à ce moment-là.

– Tu as fait ce que tu as pu, dit-elle sur un ton qui se voulait apaisant.

Aymen fit «non» de la tête.

– Je me suis comporté comme un idiot.

– Moi aussi. Si j'avais écouté ma grand-mère, nous ne serions pas là. Je voulais te montrer que j'étais une fille différente des autres, que je n'avais peur de rien, même pas d'un garçon qui avait traversé des tas de pays pour arriver en France, qu'à moi aussi il pouvait m'arriver des tas d'aventures. Je cherchais à t'épater. Je crois bien que j'étais jalouse. J'en ai trop fait, comme d'habitude, c'est tout moi, ça, et regarde le résultat!

Elle se redressa et défit son bandage. Sa cheville était toujours enflée. La peau était violacée du pied jusqu'à la moitié du mollet. Elle grimaça:

– C'est pas beau à voir, hein?

Aymen balbutia:

– Ce n'est peut-être pas si grave que ça en a l'air.

– Tu parles !

Aymen secoua la tête.

– Je n'ai pas de quoi être fier, tu sais. J'ai un truc à t'avouer.

– Quoi ?

– Des gendarmes nous cherchaient, tout à l'heure. J'ai paniqué, j'ai eu peur pour moi et pour mes parents, alors je me suis caché et j'ai réussi à leur échapper.

– Et après ?

– Si je m'étais laissé attraper et si j'avais parlé de notre escapade de cet après-midi, ils auraient pu te retrouver et te sortir de là. Ils auraient eu une corde, eux, c'est sûr et certain.

Lola haussa les épaules d'un air agacé.

– Mon père dit toujours qu'avec des « si » on mettrait Paris en bouteille.

Soudain, elle fut prise d'un vertige. Elle se rallongea en gémissant.

– Ah, elle est belle, l'aventurière ! murmura-t-elle, d'un ton ironique.

– Je connais des tas de garçons qui seraient déjà tombés dans les pommes, avec une blessure pareille à la jambe, tu sais, dit Aymen.

Sa remarque fit sourire Lola.

– Tu es gentil avec moi.

Aymen ne commenta pas. Il aida la jeune fille à s'installer le plus confortablement possible contre la paroi et sortit le livre du sac.

– Tu veux que je te lise une histoire? demanda-t-il d'une voix douce.

– Je connais ce bouquin par cœur.

– Oh!

Elle tendit la main et le saisit.

– En fait, c'est ma grand-mère qui me l'a offert, l'été dernier. C'est le truc le plus génial que j'aie jamais lu. Elle dit à haute voix: *Les Cascadeurs du temps*... Une sacrée aventure!

– Ça parle de quoi?

Lola se gratta la nuque.

– C'est l'histoire de deux amis qui se baignent dans une rivière. Ils font du camping ou dorment à la belle étoile en mangeant des patates cuites sous la cendre, un truc comme ça. Au milieu de la rivière, il y a une grotte sous-marine qui, en fait, est une faille spatio-temporelle.

– Un peu comme nous deux dans ce puits, quoi! s'exclama Aymen. Imagine qu'on puisse se téléporter dans une autre dimension ou sur une autre planète.

Lola afficha une moue dubitative.

– Mouais, sauf que, dans le livre, ils ne sont pas coincés dans la grotte.

– Ah bon.

– Non, tu vois, ils empruntent cette fameuse faille, une sorte de trappe située au plafond de la grotte, et ils se retrouvent alors en l'an 8000 et des poussières, tu imagines?

Aymen siffla :

– L'an 8000? Waouh! Et alors?

– Et alors ils font la rencontre d'un garçon et d'une fille aux prénoms impossibles, Guntr et Enila, ça m'a marquée, dans un monde entièrement bétonné, avec des villes souterraines, des gens habillés en costumes baroques complètement démentiels, des voitures volantes appelées Sub. Bon, il leur arrive des tas de choses, ils sont poursuivis et, ensuite, ils dégottent un cosmonef et...

– Pas si vite! C'est quoi, un cosmonef? Un genre de voilier de l'espace, c'est ça?

– Pas du tout, répliqua Lola. Plutôt un vaisseau spatial, tout simplement. Donc, ils s'enfuient à bord du cosmonef et atterrissent sur une autre planète mystérieuse nommée Eter pour y rencontrer celui qui est responsable de tout ce merdier de failles spatio-temporelles, de grottes au fond des rivières, enfin en gros. Puis ils reviennent sur la Terre, à leur point de départ, et c'est fini.

Aymen était déçu.

– C'est tout?

– Tu ne crois tout de même pas que je vais tout te raconter. Tu n'auras qu'à le lire. Je te le prêterai, si tu veux, quand on sera sor...

Lola se mordit la langue pour ne pas terminer sa phrase. Elle réalisa qu'il était possible qu'ils ne sortent jamais de ce puits.

– Ce n'est pas ce que je voulais dire.

– Tu penses qu'on pourrait ne jamais nous retrouver? ajouta Aymen d'un air grave. On a tout l'air d'être dans la même situation que ce berger qui cherchait sa brebis, ou ces déserteurs allemands, coincés entre les soldats qui les poursuivaient et les habitants qui ne voulaient pas d'eux.

Il dirigea le faisceau de la lampe sur la couverture du livre pour y détailler le vaisseau spatial, le cosmonef.

– Quand même, ça nous serait bien utile, une faille spatio-temporelle, maintenant, dit-il. On pourrait se téléporter directement chez tes parents ou dans le passé, juste avant qu'on se dispute et que tu tombes dans ce trou, ou cet après-midi, quand on s'amusait sous la cascade.

– Ou en l'an 8000 ! dit Lola en riant. Dans l'histoire, les deux amis ne choisissent pas vraiment leur destination ni l'époque. Comme nous, aujourd'hui.

Aymen tiqua :

– Comme toi !

– C'est-à-dire ?

– Moi, j'ai choisi d'être là avec toi.

– Tu as raison, concéda Lola.

Elle lui caressa la joue du dos de la main, d'un air triste.

– Merci, dit-elle.

Aymen la fixa. Elle lui rendit son regard.

– Je peux te demander quelque chose ?

– Tout ce que tu veux, répondit Aymen.

– Cette cicatrice, que tu as sur le torse, en vrai, tu te l'es faite comment ?

Aymen se rembrunit.

– Tu n'es pas obligé de me répondre, s'empressa d'ajouter Lola.

– Je sais.

– Mais c'est important, pour moi.

Aymen déposa délicatement la lampe sur les genoux de Lola et se leva.

– C'était avec Adnan, mon frère. Il y avait aussi Tarek, mon cousin, et mes parents. On était à la frontière syrienne, au nord. De l'autre côté, c'était la Turquie. Il y avait des centaines de gens, comme nous, sur la route, fuyant les bombes et la guerre. En fait, c'était bizarre, pas du tout comme ces reportages que tu vois à la télé. Ça ressemblait plus à une sorte de parade un peu triste, comme si, un beau jour, des milliers de gens descendaient dans la rue avec leurs valises et décidaient de s'en aller sur la même route. Certains restaient, d'autres nous suivaient. Pour être franc, ça avait l'air d'un jeu. Un jeu bien réel, pas très drôle, mais un jeu quand même. Je me rappelle m'être énervé parce que ma mère n'avait pas voulu que j'emmène mon vélo. Un VTT tout neuf que mon père m'avait offert deux mois plus tôt. Je me suis mis à pleurer, mais c'était à cause de mon vélo, pas à cause de la guerre. C'est bizarre, hein!

Lola ne trouva rien à dire. Peut-être aurait-elle réagi de la même façon.

Aymen poursuivit:

– Adnan et Tarek, une fois à la frontière, ils ont dit à mes parents qu'ils restaient pour poursuivre le combat, que c'était leur pays et qu'ils comptaient le défendre, quel qu'en soit le prix. Mon père s'est mis en colère, il a giflé Adnan, puis ils ont commencé à se battre. Alors moi, je me suis mis à crier, crier, mais comme ils continuaient et que ni ma mère ni Tarek n'arrivaient à les séparer, je me suis enfui en direction de la clôture qui séparait la Turquie de mon pays. J'ai grimpé, sous les yeux médusés des réfugiés qui attendaient, et une fois en haut, je leur ai dit: «Je ne bouge plus de là!»

– C'est vrai?

– Enfin, c'est ce que ma mère m'a raconté après. J'étais petit, je ne me souviens pas très bien. Toujours est-il que ça a marché. Ils ont arrêté de se battre.

Les yeux d'Aymen brillaient. Il faisait de grands gestes tout en parlant.

– Et ta cicatrice? demanda Lola.

– Monter sur la clôture, ça a été facile. Mais redescendre... Au sommet, il y avait du fil de fer barbelé. Je me suis pris dedans, j'ai glissé, j'ai déchiré ma veste et mon tee-shirt, et les hommes sont venus me chercher. Mon père avait du sang plein les mains. Sur le coup, j'ai cru que c'était parce qu'il s'était battu avec mon frère. Puis j'ai vu la plaie sur ma poitrine et je me suis évanoui. À mon réveil, nous étions en Turquie, dans l'infirmerie d'un camp de réfugiés, juste de l'autre côté de la frontière. Adnan et Tarek, eux, n'étaient plus là.

– Ton frère te manque?

Aymen renifla bruyamment.

– Oui. Le pire...

– Dis-moi.

– Le pire, c'est que je ne me rappelle presque plus son visage. Mes souvenirs s'estompent peu à peu. Parfois, je le confonds avec mon père.

Lola se redressa pour lui faire face. Elle pointa son index sur sa poitrine.

– Mais il est toujours dans ton cœur, là, sous ta belle cicatrice. Et grâce à elle, tu ne l'oublieras jamais.

Lola se tut soudain. Ses yeux se révulsèrent, puis elle vacilla et perdit connaissance dans les bras de son ami.

*

Lola ne mit pas longtemps à revenir à elle.

– Je ne me sens pas bien du tout, dit-elle d'une voix faible.

Aymen l'aida à s'allonger sur le sol. La jeune fille était brûlante. Très inquiet, Aymen retira sa chemise, la roula en boule et la glissa sous la nuque de Lola.

– Il te faut un médecin. Ta cheville est sûrement cassée. Je dois nous sortir de là, coûte que coûte.

Il plaça alors la lampe de poche dans un coin, l'orienta de façon qu'elle éclaire la paroi, puis il s'accroupit près de Lola.

– Je vais aller chercher des secours. C'est la seule solution.

– Ne me laisse pas seule, je t'en supplie.

– Je ne t'abandonne pas. Je sors d'ici, je cours chercher quelqu'un et je reviens aussitôt. D'accord?

Lola acquiesça en silence, à contrecœur. Aymen déplaça les morceaux de poutre et les appuya côte à côte. Une fois satisfait du résultat, il ferma les yeux et pensa très fort à son frère, Adnan, et à la dispute avec son père, à la frontière, des années plus tôt. Il visualisa la clôture. La Syrie d'un côté, la liberté de l'autre. Un sentiment de colère déferla dans ses veines. Aymen rouvrit alors les yeux et se lança à l'assaut de la paroi.

Mais la colère ne suffit pas.

Pas cette fois-là.

Une, deux, dix tentatives, sous les encouragements incessants de Lola. La roche était terriblement glissante et n'offrait presque aucune prise. Il réussissait à progresser de deux ou trois mètres mais, chaque fois, un faux mouvement ou la fatigue le renvoyait en bas. Quinze. Vingt. Trente. Au bout d'un moment, Aymen arrêta de compter. Ses doigts étaient en sang, à force de gratter la pierre dans l'espoir de s'y agripper. Ses muscles se raidissaient. Il ne se découragea pas pour autant. Il recommença, encore et encore. À chaque échec, il pensait : « S'il y a une justice, nous sortirons de ce trou ! », et il s'élançait à nouveau à l'attaque, avec rage et détermination.

Peu avant le lever du soleil, la température baissa. Un froid humide s'insinua dans le puits. Pour se donner du courage, Aymen fredonna alors un chant que lui avait appris sa mère, quand il était petit.

Danse, danse l'oiseau
Plumes d'argent et d'or
Comme dans un rêve
Chante l'enfant et dort.

Les paroles étaient stupides, mais elles lui réchauffèrent le cœur parce que, dans son esprit, la voix de sa mère se superposait à la sienne. Il les répéta tant et si bien que Lola finit par les retenir et les entonna avec lui. Sa voix était si ténue qu'il devait chuchoter pour ne pas la couvrir.

Danse, danse l'oiseau
Plumes d'argent et d'or.

Quand il n'eut plus assez de forces pour tenir debout, il s'agenouilla dans la boue, prit la main de Lola, brûlante de fièvre, la serra fort, très fort, comme si sa vie en dépendait, et il se mit à crier, les yeux rivés vers le disque sombre que dessinait la margelle du puits, tout en haut, ne s'interrompant que pour écouter Lola respirer et la secouer doucement quand elle s'endormait, de peur qu'elle ne se réveille jamais.

*

Ils tinrent bon jusqu'à l'aube, sans dormir. Son père serait fier de lui, lorsqu'il l'apprendrait. Le ciel s'éclaircit, rosit puis devint bleu. Quand cigales et corbeaux remplacèrent grillons et chouette hulotte, même à ce moment-là, Aymen cria encore.

C'est alors que le visage souriant de sa mère lui apparut. Il crut à une hallucination et s'arrêta de crier. Des ombres dansèrent, dans la lumière, un chien aboya, des voix répétèrent en boucle son prénom et celui de Lola, une corde descendit dans le puits, et avec elle un homme qu'il ne connaissait pas, qui enveloppa Lola dans une épaisse couverture.

– C'est fini, dit l'homme à l'oreille d'Aymen. Tout ira bien maintenant.

Aymen sourit. Des bras le soulevèrent et, comme dans un songe, il s'éleva dans les airs.

Épilogue

Le téléviseur diffusait en boucle le même reportage sur des réfugiés syriens coincés à la frontière hongroise. Captivé, Aymen n'en perdait pas une miette.

Le garçon était d'excellente humeur. La veille, sa mère lui avait téléphoné pour lui annoncer une bonne nouvelle : la demande d'asile politique de ses parents avait été acceptée. Ils avaient obtenu un visa d'un an. Son père avait trouvé un logement, à deux pas de l'appartement de la famille de Lola. Ce qui signifiait qu'Aymen pourrait s'inscrire dans le même collège que Lola en septembre. En attendant la rentrée, ses parents l'avaient autorisé à profiter de la fin de ses vacances chez la grand-mère de son amie. À condition de ne plus faire de bêtises. Aymen avait retenu la leçon. Lui et Lola avaient eu beaucoup de chance. Depuis deux semaines, il passait ses journées à regarder la télé et à lire. *Les Cascadeurs du temps* n'avaient plus de secret pour lui.

Lola, assise à califourchon sur un tabouret, à côté de lui, le dévisageait d'un air dépité.

– Allez ! Allons jouer dehors plutôt que de rester devant cet écran stupide !

Aymen lui lança un regard qui signifiait : « Lola, Lola, tu ne penses qu'à t'amuser, mais moi, j'ai des tas de choses sérieuses à faire ! »

Lola attrapa ses béquilles, se leva et le tança d'un air moqueur :

– Ho, ho ! Monsieur a la grosse tête. Il se prend pour un héros parce qu'il m'a sauvé la vie, dans ce puits. Mais Monsieur devrait savoir que ce sont les chiens des gendarmes qui ont retrouvé notre trace. Sans eux, nous y serions encore.

Aymen fronça les sourcils, comme s'il allait se mettre en colère, puis il éclata de rire.

– D'accord, tu as gagné ! dit-il en sautant sur ses pieds. Tu proposes quoi ?

Il désigna du menton la cheville plâtrée de la jeune fille.

– Une course de béquilles ?

– Mieux que ça !

Lola se pencha vers lui d'un air mystérieux.

– J'ai une nouvelle aventure à te proposer.

Et, sans se presser, elle déposa un baiser sur ses lèvres.

Table des matières

L'auteur

Marin Ledun est né en 1975 en Ardèche. Chercheur en sociologie jusqu'en 2007, il se consacre désormais à l'écriture et à l'agriculture. Il est l'auteur de quatre romans jeunesse, de pièces radiophoniques pour Radio France et d'une douzaine de romans noirs pour adultes, dont *En douce* (prix Transfuge 2016), *L'Homme qui a vu l'homme* (prix Amila Meckert 2014) et *Les Visages écrasés*, adapté au cinéma en 2016 sous le titre *Carole Matthieu*, avec Isabelle Adjani et Corinne Masiero.

Du même auteur

Aux éditions Syros :

Luz, « Rat noir », 2012

Un cri dans la forêt, « Souris noire », 2010

Chez d'autres éditeurs :

Interception, Rageot, 2012 (prix Cognac 2013)

Liquidation totale (roman-jeu), sous le pseudonyme d'Erik Vance, Solar, 2011

Dans la collection
Souris noire

En noir et or
Claudine Aubrun

La Disparue de la 6e B
Stéphanie Benson

Une Épine dans le pied
Stéphanie Benson

L'Inconnue dans la maison
Stéphanie Benson

Le Mystère de la tombe Gaylard
Marie-Claire Boucault

Les Pirates du Komodo
Dominique Delahaye

Les Gothiques du Père-Lachaise
Serguei Dounovetz

Le Marabout de Barbès
Serguei Dounovetz

Le Rap de la Butte-aux-Cailles
Serguei Dounovetz

Niki Java traque la banque
Serguei Dounovetz

Nuit d'angoisse à l'île aux Oiseaux
Jeanne Faivre d'Arcier

Le Secret des cabanes tchanquées
Jeanne Faivre d'Arcier

Traque sur la presqu'île
Jeanne Faivre d'Arcier

Mystérieuse Disparition au banc d'Arguin
Jeanne Faivre d'Arcier

L'Assassin de papa
Malika Ferdjoukh

L'Afrikaner de Gordon's Bay
Caryl Férey

Alice au Maroc
Caryl Férey

La Dernière Danse des Maoris
Caryl Férey

Nano
Dominique Forma

Sauve-moi Nano
Dominique Forma

Lambada pour l'enfer
Hector Hugo
(sélectionné par le ministère de l'Éducation nationale)

Une incroyable histoire
William Irish
(sélectionné par le ministère de l'Éducation nationale)

Un cri dans la forêt
Marin Ledun

Un royaume pour deux
Marin Ledun

Il va venir
Marcus Malte

Aladdin et le crime de la bibliothèque
Marie et Joseph

Les Aventures de Cornin Bouchon
Marie et Joseph

Le Roi des menteurs
Patrick Mosconi

Wiggins et le perroquet muet
Béatrice Nicodème
(sélectionné par le ministère de l'Éducation nationale)

Wiggins et la ligne chocolat
Béatrice Nicodème

Wiggins chez les Johnnies
Béatrice Nicodème

Wiggins et les plans de l'ingénieur
Béatrice Nicodème

Wiggins et Sherlock contre Napoléon
Béatrice Nicodème

Dans le grand bain
Jean-Hugues Oppel

Ippon
Jean-Hugues Oppel
(sélectionné par le ministère de l'Éducation nationale)

Nuit rouge
Jean-Hugues Oppel

Tigre ! Tigre ! Tigre !
Jean-Hugues Oppel

Cinq Minutes de prison
Jean-Hugues Oppel

Danse avec les poneys
Jean-Hugues Oppel

Il y a quelqu'un dans la maison
Serge Quadruppani

Une affaire d'adultes
Thierry Robberecht

La Mémoire kidnappée
Thierry Robberecht

Le Portrait de Leonora
Thierry Robberecht

La Cabane au fond du chantier
Christian Roux

Les Maisons aux paupières crevées
Christian Roux

Les Bizarres
Valérie Sigward
(sélectionné par le ministère de l'Éducation nationale)

Le Détective du Palace Hôtel
Romain Slocombe

Détective sur cour
Romain Slocombe

Deux Détectives chez Dracula
Romain Slocombe

Le Faux Détective
Romain Slocombe

Les Trois Coups de minuit
Danielle Thiéry

Nuit blanche au musée
Danielle Thiéry

Énigme au Grand Stade
Danielle Thiéry

Les Fantômes de l'école de police
Danielle Thiéry

Dix minutes à perdre
Jean-Christophe Tixier

Dix minutes trop tard
Jean-Christophe Tixier

Loi n° 49-956 du 16 juillet 1949
sur les publications destinées à la jeunesse,
modifiée par la loi n° 2011-525 du 17 mai 2011.

Mise en pages : DV Arts Graphiques à La Rochelle
N° d'éditeur : 10239289 – Dépôt légal : mars 2017 – N° impression : 707434
Achevé d'imprimer en août 2017
par Nouvelle Imprimerie Laballery (58500, Clamecy, France).